文士の時代

林　忠彦

中央公論新社

文士の時代・目次

文士の時代

本書に掲載した写真作品は、昭和二十一～四十六年に撮影されたものである

川端康成

秀子夫人、娘の政子と

川端先生は、僕の作家の写真のなかでも、最も早くから撮らしていただいたうちの一人で、亡くなられるまで四十年近く、折にふれ撮影させていただきましたが、とにかく鷹のような目で無口でしょう。こわくて、とてもそばへ寄れないんですね。とくに骨董を見ているときには声もかけられない。じいっと、何時間でも眺めておられた。「ロダンの手」を持ち出してきて見ておられるときなど、シャッターの音をさせたら悪いような感じになっちゃうんです。わずか十数分の時間が一時間以上にも感じられてくたびれましたね。それだけ骨董を見るときの目っていうのは違ってました。

小さくて、やせてて、痩身、痩軀っていうのでしょうか。それでいて、あの目の鋭さを見ると、なにか一言でも言うと、見すかされるような感じがして、ふるえるほどの緊張感がありました。本当にこわい人でした。こわくて寄れないから、僕が若いころに撮ったのは全部大ロングなんですよ。蔵の前へ立っているとか、庭の遠いところにおられるとかね。とにかく周囲ばっかりたくさん写っている。それが、僕もだんだん年をとってくるに従い、また、先生にだんだん親しくなっていくに従って、しだいにミディアムショットぐらいに寄ってこれたんですけどね。このクローズアップの眼光するどい写真を撮ったときには、川端先生は何か考えるところがあったんじゃないかと思うんですけれども、ノーベル賞をもらわれた後で、とってもご機嫌がよくて、めずらしく迫っていけました。ワイドで五十センチぐらいまで最後には寄れたんです。これははじめての経験でしたね。バチバチバチバチッと、たくさんクローズアップを撮ったんですが、最後に、あの鷹のような目がキラッと光ったんです。それがファインダーの中でチラッと見えたとき、とっさにシャッターを切って、これで決まったと思いました。この一枚に四十年かかったかもしれないけれど、はじめて川端先生の凄い目が撮れたという思いがしました。

その日、先生はえらくご機嫌でしてね。千載一遇のチャンスとばかり、僕は、『日本の作家』という本をまとめるんで、「先生、ひとつお願いします」って、題字を頼みました。「ああ、いいよ」とおっしゃって、「きょうは、林君、久しぶりに写真もなかなかいいのが撮れたようだし、僕がごちそうしましょう。つき合いなさい」って言われまして、鎌倉の山のお寺の精進料理で、夕方六時ごろから夜八時すぎまで先生にごちそうになったことがありました。

お願いした題字は、なかなか日にちがかかりました。困ったなあ、本の方はだいぶん編集が進んだのに、題字がなきゃしようがない、と思って、僕は突然伺って、請求がましく、「先生、申しわけありません。お忙しいところ何ですけど、できましたでしょうか」って言ったら、「あ、この次には書いとくからね」とあっさり言われる。それで、また、行きました。そしたら、書斎の横に、字を書く部屋がありましたが、その部屋いっぱいに書き散らしてあるんです。「日本の作家」という文字だけで二十枚ぐらいあったでしょうか。そのほかにも頼まれているのを一ぺんに書いちゃったわけでしょう。「わあ、これは先生、大変ですね。こんなにたくさん先生に字をお願いしてる方が多いのに、これは申しわけありませんでした」って、恐縮したんです。そしたら、先生、あれははじめての先生の洒落じゃないかと思うんだけれど、「君ね、林君、近頃、僕の字、高いんだよ。四文字書けば大体二百万円ぐらいかな。高くなってねぇ」って、こう言われた。

「いやあ、それは困りました。僕、とても払えません」って言ったら、「いや、君からもらおうとは毛頭思わないけれどね。ともかく、遅くなって、ごめんよ。でも、高いんだからね」と言われましたね。

それからまもなく本が出て、出版記念会をやりましたが、一番会場に早く来たのが川端先生でした。まさか先生が一番乗りとは思わないから、びっくりしたり、あわてたり。挨拶は、僕がいつもヒイキにしてもらっている大佛次郎先生と、写真の二科の方では東郷青児さんに、写真関係では渡辺義雄さんに、それぞれお願いしてあって、その三人の挨拶で会は終わったんですが、川端先生に、「先生、早くから見えていただいて恐縮でございます」って言ったら、「君ね、僕はしゃべらされると思って早く来たんだけどね。しゃべらせてくれなかったね」と、言われました。「まあ、大佛君がやったからいいけどね。僕はやらされるもんだと思って来たんだよ」って言われると、これにはまったく恐縮して言葉もありませんでした。まさか、先生がしゃべると言うとは思わなかった。お願いしたら、来ていただけないんじゃないかと思いましたからね。僕だけの判断じゃない。みんながそう言ってましたから。あの一件は大変な心残りになりました。

先生は不思議な人でしたね。お酒は一滴も飲まないで、無口なくせに、銀座の「ラモール」などのクラブに二、三人連れで、しょっちゅう見えてましたね。飲まないで、何時間もいて、面白いのかなあって思ったりしましたが、先生、若い女の子の手を後ろからじいっと、最初から終わりまで握ってましたね。膝の上で握ったりもしていましたね。

社会的にも、国際ペン大会の東京大会を成功させたり、都知事選で応援したり、意外に行動的な面があったんですね。先生の死後、川端邸内に川端文学館をつくったのは笹川良一さんでね、どこか不思議な人でしたね。

川端康成（かわばた　やすなり）
明治三十二年（一八九九）、大阪生まれ。東京帝国大学国文科卒業。菊池寛の知遇を得て、横光利一らと新感覚派の中心的作家として活躍し、『伊豆の踊子』『雪国』『山の音』『千羽鶴』『眠れる美女』など抒情ゆたかに伝統美を追求する数々の名作を発表して、昭和三十六年に文化勲章を受章。昭和四十三年に日本人初のノーベル文学賞を受賞した。昭和四十七年（一九七二）、ガス自殺。『浅草紅団』『水晶幻想』『美しさと哀しみと』など。

谷崎潤一郎

松子夫人と

松子夫人と

松子夫人と

谷崎潤一郎（たにざき　じゅんいちろう）
明治十九年（一八八六）、東京日本橋生まれ。東京帝国大学国文科中退。二十五歳で『刺青』を永井荷風に激賞されて文壇に登場。初期は悪魔主義・耽美派と呼ばれたが、関東大震災を機に関西へ移住、日本語の古典的、伝統的美しさを追求するようになった。昭和二十四年、文化勲章。昭和四十年（一九六五）、逝去。『痴人の愛』『卍（まんじ）』『蓼喰ふ虫』『春琴抄』『細雪』『少将滋幹の母』『鍵』『瘋癲老人日記』など。

谷崎先生の代表作『細雪』は、戦争中から書きつがれてきたものでしたが、終戦まもない頃、はじめて先生を撮りに京都へ伺ったときもひきつづき執筆なさっていました。

原稿用紙に筆で書かれるわけですが、書き違えると、そこを薄墨でスーッと消して、それにまた濃く書かれる。一枚書きおわると、目の前の書架にかけて、次の原稿を書いていく。僕は真正面から撮ろうと思って、ちょうど前が窓なものだから、その窓の上にしゃがみ込んで、「先生、ちょっと筆を休めて顔をあげてください」と言ったら、「君、原稿を書いてるときはね、顔は前向かないんだよ」って、頑としてきかれない。たまには休んで、ときにはまわりを見たりしますよねぇ。それがどうしても頑としてこちらの言うことをきいてくれない。しようがないから、執筆中の正面写真は、上から何とかごまかして撮って、とうとう本番は、下からカメラをあおって、横から撮りました。

まあ、ことほどさように大変頑固な方だったけれど、面白い人でもありましたね。

当時、珍しいものを先生持ってましてね。ちょうど『鍵』を書かれる頃でしたが、ポラロイドが日本にはじめて来たとき、どこからどう回って、そのポラロイドが先生の手に入ったものか知りませんが、「林君、ポラロイドっての、あれは、どうなってんの」と訊かれるんですよ。「実は、こうこうで、たった一枚しか写真ができないのが欠点なんですが、何しろ、押せばすぐその場でパッと写真になって出てくるんで、えらい大変なものができてきました。写真ってのは、プリントがたくさんできるから、絵と違って非常に安い。ポラロイドみたいにオリジナルが一枚しかできないように写真がつくられていたら僕らの写真ってのは、もっと高くなったんじゃないでしょうか。いいような悪いような時代です」って話したら、「もっと詳しく話せ」っていわれて、ポラロイドのことをかなりくわしくしゃべったんです。それが実は『鍵』のなかにポラロイドを使うシーンとなって出ているんですね。何のためにしつこく訊かれるのかなあと思いましたが……。

終戦まもなく、まだ食糧事情の悪い時代でしたが、京都の先生のところでは、ロースの松阪牛だか、神戸牛だかのスキヤキがでたり、砂糖も酒もふんだんにあった。お金もどっさりあって、あるべきところにはあるんだなあとびっくりしたんですけれど、とにかく大変ぜいたくな方でしたね。

ある雑誌に「小説のふるさと」というタイトルで、先生の『月と狂言師』をテーマにして谷崎ご夫妻に登場していただいて、口絵写真をつくったことがありましたが、そのときの撮影でも驚きました。南禅寺の境内付近に能舞台のあるお屋敷がありましてね、その能舞台が池の中にせり出している。そこに、写真のために有名な狂言師をわざわざ呼んできて、それを座敷から先生ご夫妻がご覧になっているという趣向でした。戦後すぐのことですから、とても考えられないことでしたね。

そのときでしたね。「君たち、きょうは泊まっていきたまえ。あしたの朝、豆腐でも食べよう」といわれて、翌朝になると、わざわざハイヤーをやとって、嵐山の「吉兆」まで豆腐を食べにつれていってもらった記憶があります。朝食を食べに、はるばる嵐山の大料亭まで出かけていくなんて、やっぱり大谷崎先生でなきゃできないことでしたね。

思えば、『細雪』の原稿運びも大変でした。新幹線のない時代に、先生の原稿を毎日汽車で運ぶんですよ。ゲラが出ると、また汽車で持ってきて、先生に手を入れてもらって、また汽車で持って帰る。絶対に郵便では送らない。郵便では危ないというわけでしょうかね。なにがなんでも、夜行列車かなにかで運ぶ。東京—京都間を編集者が原稿の運び屋になってね。それだけ、出版社も先生には気をつかって大切にしたわけですが、とにかく、大文豪、大巨匠でした。

先生は引っ越し魔だったんですね。僕が知ってる限りでも、最初に『細雪』を執筆中に伺ったときは、京都の南禅寺下河原町ですからね。それから、京都でも、たしかもう一カ所に住まわれたんじゃないかと思いますが、最後には、熱海の伊豆山でした。

その伊豆山のお宅の庭のバラが咲き乱れていた春先でした。写真を撮りに伺うと、「きょうは林君、気分がいいから外でいくら撮ってもいいよ。何でもするよ」なんて先生に言われて、「それじゃ、表へ出ましょう」とわくわくしましたね。庭の海の見えるところで、バシャバシャ撮りはじめたら、すぐ、「君ね、ちょっと陽ざしが強くて、頭が痛くなってきたから、もうよそうよ。君は酒が好きだから、一杯飲んでお帰りよ」と言われて、ありゃ、せっかくご機嫌よかったのに、残念だなあ、と思ったことがありましたね。

そのときでした。助手にセットなどの荷物を片づけさせながら、僕はカメラを一台だけ机の下に隠しておきました。すると、松子夫人が、「林さん、一杯飲んでらっしゃいね。ゆっくりしてらっしゃい」と言われて、先生の後ろにつつましく座られたら、その瞬間、谷崎先生がとたんにご機嫌になって、ニコッと笑ったんですね。それってんで、隠していたカメラでバシャバシャと、二コマ撮れましたか。先生はちょっと変な顔をされたけど怒らなかったですね。写真ってのは、への字に口を結んで、がっちりカメラの方を向いて撮るもんだと思っておられる。それを笑っているところをビシャッと簡単に撮ったものだから、ご本人は本当に撮られているのかどうか、よくわからなかったんじゃないかと思いますね。この写真、うしろに『春琴抄』の絵の額がかかっていて、セッティングといい、松子夫人とのムードといい、絶妙な感じがあふれていて、僕の作家写真のなかでも最高に好きないい写真になりました。

先生が亡くなられてから大きく伸ばして松子夫人にさしあげましたが、夫人から「うちの谷崎を撮った写真はたくさんありますが、どれも苦虫をかみつぶしたようなきびしい顔で……。笑っている写真というのは、林さんが撮ってくれた、この写真のほかにないから、たいへん大事にしています」と言われると、嬉しさもひとしおで、だまし討ちみたいな撮り方でしたが、本当によかったと思いました。僕としても、この上ない貴重なネガで、代表作の一枚と思っています。

坂口安吾

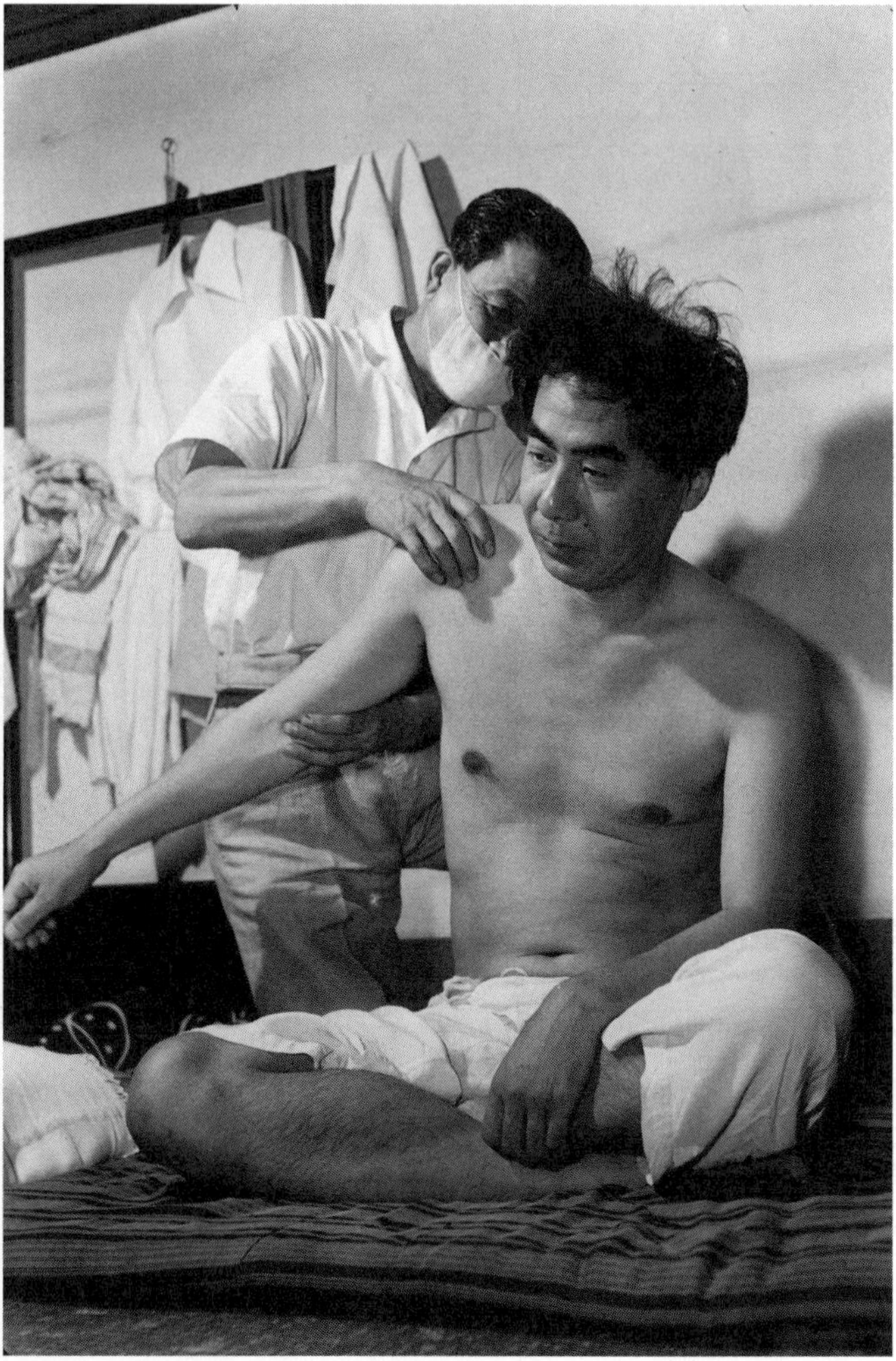

安吾さんと最初に会ったのは、僕が戦後まもなく北京から引き揚げてきた直後のように記憶しています。そのころ僕は銀座の酒場「ルパン」を事務所のようにしていて、よく編集者との打ち合わせに使っていましたが、雑誌編集者や評論家から、これから新しい仕事をするのは、織田作之助、太宰治、坂口安吾らの無頼派のアプレゲール作家だとよく聞かされました。それで、織田作之助から撮りはじめたわけですが、安吾さんとは、もっと以前から「ルパン」で紹介されて知っており、週一回、水曜日だったかの「カストリを飲む会」を楽しみに、安吾邸へ通う日々がはじまりました。その日のくるのが待ち遠しかったものです。

安吾邸の床の間には、カストリの入った角形の石油缶がドンと置いてあって、それをサイダー瓶に移して、水を入れて何倍かに薄めて飲む。みんなベロベロになって、たいへんな騒ぎだったんです。

ある日、かなり早い時間に伺ったことがあって、そのとき、安吾さんが「おい、林君、俺、女を拾ってきてなあ」って言う。

「へえ、紹介してください」

「二階におるから上がってみるか」

何となく女っ気のある、安吾さんに似合わない色っぽい部屋に長火鉢か何かが置いてあったように思いましたが、そこで、三千代夫人、のちのバー「クラクラ」のママに紹介されました。安吾さんは照れくさそうな顔で、「これなあ、新宿で拾ってきたんだよ」ってしきりに言うんです。安吾流の紹介の仕方だなと思いました。

「ときに安吾さん、あんた、いったいどこで仕事をしてるんですか」って訊いたら、「隣の部屋だよ。この女にもまだ見せたことないんだよ」。

「ぜひ一回見せてよ」

「この女にも見せたことない部屋を見せられるか」

「僕がきょうなぜ早く来たかっていったら、一台新しいカメラを買ったんで安吾邸でなにか記念すべき写真を撮ろうと思ったからですよ。ぜひ隣の部屋見せてくださいよ」。しつこく頼んだら、「しようがねぇなあ」と言いながら、安吾さん、廊下をへだてたふすまをポッとあけた。

びっくりしましたね。ほこりがフワァッと一斉に浮き立って、床の間にカヤらしきものがぶら下がっていましたが、それがほこりで真っ白です。部屋中、一センチはほこりがたまっていました。万年床で、綿がはみ出して、机のまわりは紙クズの山。そのなかに洋モクがあったりして、当時この写真が発表されたとき、洋モクはどこにあるかって懸賞がついたものです。感心したのは、机の上にいつ停電になってもいいようにライターや乾電池などがちゃんと置いてあったことでしたね。当時はしょっちゅう停電したものです。

でも、原稿の文字は実にきれいでした。さすがは作家とは違うものだとぞくぞく興奮して、崩れそうな出窓の上に乗っかると、グラッ、ミシミシって折れそうな音がしましたが、夢中になって撮りました。そのときのことは安吾さんが随筆に書いています。

十人ぐらい作家を撮りためたころでしたか、新潮社の小林さんという昔から知っている編集者に寝込みをおそわれ、「最近、作家の写真を撮っているそうじゃないか」って訊くので、太宰や安吾さんなどの写真をみせたら、「これだ、これだあ」って叫んで、あわてて社へ帰っていきました。さっそく、当時、水インクで刷っていたザラ紙をアートに変えて、創刊まもない「小説新潮」に連載がはじまりました。これがまた、大変な評判になり、それから二十数年間、作家の写真を手をかえ品をかえて「小説新潮」に連載したんです。

あるとき、ある雑誌で「写真新語辞典」という企画があり、撮ってほしいと頼んできました。たとえば、さし絵画家の岩田専太郎邸の応接間にいっぱい編集者がたむろして、われ先にでき上がった絵を持っていこうと待ち構えているシーンを撮って、これすなわち、「ストーブリーグ」なりという具合でした。

安吾さんはその頃アドルムかヒロポンの中毒にかかっていたので、安吾さんが自宅で上半身裸になってマッサージをうけているところを撮って「アドルム」とやったんです。編集部との相談でやったわけですが、それを見て安吾さんは烈火のごとく怒った。

「林君、こういうのを載せようとするのを、逆にとめてくれるのが友だちじゃないか。それを林忠彦撮影『アドルム』とは、何事だ‼」

それで僕は二年間ぐらい安吾邸から締め出しをくったんです。ちょうど安吾さんの伊東時代から秩父時代にかけてで、安吾さんの写真は中村正也君が撮りはじめた。

晩年は安吾さんの気持ちも軟化して、いつの間にか、また出入りを許されたが、一時はさみしい辛い思いをしました。

坂口安吾（さかぐち　あんご）
明治三十九年（一九〇六）、新潟生まれ。本名、炳五《へいご》。東洋大学印度哲学科卒業。牧野信一に「風博士」、島崎藤村・宇野浩二らに「黒谷村」を認められて文壇に登場。戦後『堕落論』『白痴』が反響を呼び、無頼派として太宰治や織田作之助と並んで新文学の旗手と目された。昭和三十年（一九五五）、逝去。『日本文化史観』『桜の森の満開の下』『二流の人』『不連続殺人事件』『明治開化安吾捕物帖』など。

太宰治

文春画廊の裏の横丁にある酒場「ルパン」は、僕の戦後すぐの仕事の連絡場所でもありました。毎日のように、昼となく夜となくたむろしていたんですが、そこへしょっちゅう集まってくる連中が、織田作之助であり、坂口安吾であり、菊池寛先生であり、大佛次郎先生であったわけです。

ある日、織田作之助をバーのカウンターで撮っていると、反対側に安吾さんと並んですわっていた男が、ベロベロに酔っ払って、「おい、俺も撮れよ。織田作ばっかり撮って。俺も撮れよ」って、わめいていたんです。うるさい男だなあと思って、「あの男は一体何者ですか。うるさい酔っ払いだなあ」って訊いたら、「あれが今売り出し中の太宰治だよ。撮っといたら面白いよ」って、誰かが教えてくれたんです。それで、僕は、たった一つしか残っていないフラッシュバルブを使って、当時はワイドレンズがなくて引きがないから、便所のドアをあけて、便器にまたがって撮ったんです。太宰もなにも、まるでわからないで撮ったようなものですよ。

織田作之助の方は、三、四回も「ルパン」に足を運んでもらって何十枚と撮ったのに、そのときついでに撮った太宰治の写真の方を、その後、何百回となく引き伸ばしをしているんですね。もういったい何回印刷されたか、覚えてもいません。おそらく僕の作家の写

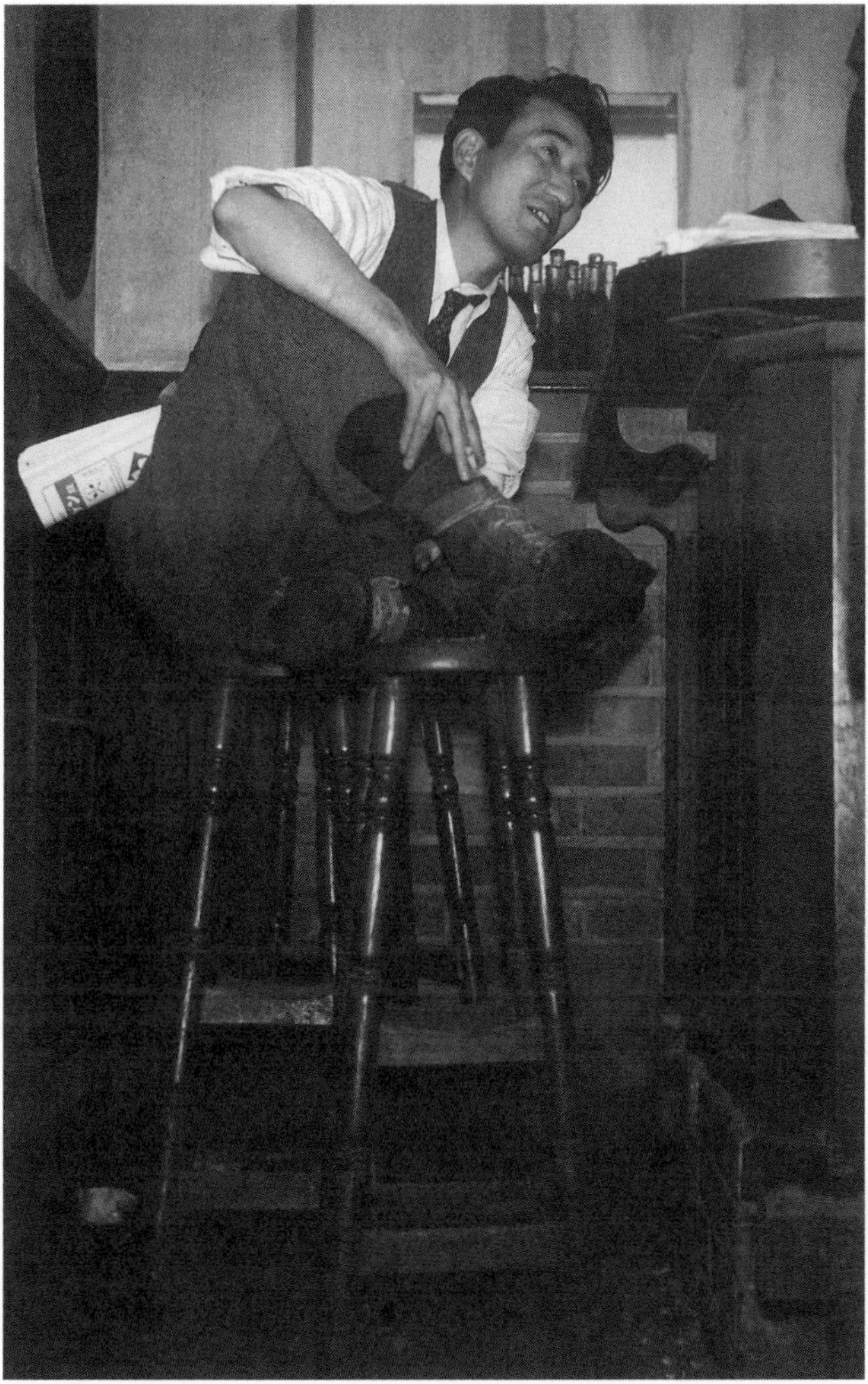

真のなかでは一番多く印刷されて評判になった写真ですが、まったく不思議なものです。

四十年近く経って、いまだにこれが僕の代表作といわれているのは、なんとなく成長していないなあという気分があって、いつも気恥ずかしく思いますが、やっぱり写真っていうのは、ある程度、材料のよさ、モチーフのよさが決定するところがあるんですね。撮る側よりも写される側の力が強いっていうことの証拠でもありますね。

「ルパン」も、これまた、おかしな店で、二年間ほど店を休んで、ビルを改装して昔のものをそっくりそのまま入れて復元しているんです。客ダネも変わって、昔は作家や画家や編集者なんかが多かったけれど、いまは若い人がふえていて、それが、太宰治が座っていた椅子にすわりたいって来るんだそうです。たまたま椅子がふさがっていると、順番で待つんだそうで、たいした人気だと思います。「ルパン」が改装オープンしたとき、お祝いに、織田作之助、太宰治、坂口安吾の三羽ガラスの写真を焼いてあげましたが、いま店内に飾ってありますよ。本当に、この太宰治の一枚の写真ぐらい不思議な写真はありません。

太宰治（だざい　おさむ）
明治四十二年（一九〇九）、青森県津軽生まれ。本名、津島修治。東京帝国大学仏文科中退。井伏鱒二に師事、戦後は坂口安吾や石川淳らと無頼派として活躍。生家は県下有数の地主という恵まれた環境ながら、左翼運動に挺身。その挫折も手伝い、ながく薬物中毒にも悩まされ、自殺未遂を繰りかえした。昭和二十三年（一九四八）、玉川上水に入水自殺。『晩年』「走れメロス」『津軽』『斜陽』『人間失格』など。

織田作之助

織田作之助は、僕が文士を撮りつづけるきっかけになった作家ですが、彼が酒場「ルパン」に来はじめたころ、僕には彼が実に異様に見えました。言葉は大阪弁だし、当時珍しい革のジャンパーを着込んでいるし、それで長髪で、顔面蒼白で、なんとなく昔の作家とちがうイメージがあふれていましたね。

チラッチラッと気になって見ていると、やたらに咳き込む。ハンカチにパッと咳き込んで痰《たん》を出すと、血痰が出ているように見えたんですね。あっ、これはいけねえな、と思いました。この作家は、あんまり長くないから撮っておかなければ、と思いました。

当時、僕は雑誌の写真を月に二十いくつもこなしていて、特写につぐ特写で、不眠不休の毎日でした。昼間に仕事をしては、夕方から酒を飲みながら、仕事の連絡を「ルパン」でとって、夜更けて帰って、現像したり引き伸ばしをやったりする毎日で、みずから自分のテーマで写真を撮ったことがなかった。それが、織田作之助を見たとき、これは撮っておかなきゃいかんなと思ったんですね。

「織田さん、ぜひ撮らして下さいよ」って言って、三、四回、「ルパン」に足を運んでもらったんです。菊池寛先生と将棋をさしに出かけていく前に、「ルパン」に寄ってくれて、この写真を撮ったときも菊池先生が奥の方にいらしたと思います。

その後まもなく、やっぱり思った通り結核で亡くなりました。あれは昭和二十二年一月十日ですから、二十一年撮影のこの写真は、亡くなるほんの少し前のことです。

その後、彼の愛人の昭子さんが銀座でバーをはじめ、ずっと彼女とおつき合いがありましたが、織田作之助が喀血がのどにつまって息苦しくなると、昭子さんが、それを口移しに吸い出すような話を誰かれなく聞いたりすると、二人の間のすさまじい愛情を思って、彼を撮った頃よりも、後から昭子さんを通じて織田作之助という人物をいっそうよく知ったように思います。

大阪へ行くたびに、しばらくの間は、法善寺横丁の「夫婦善哉」に足を運び、法善寺の水かけ不動にお参りするのを楽しみにしていました。織田作之助という作家は、僕の仕事の上でも、本当に忘れられない存在なんです。

織田作之助（おだ　さくのすけ）
大正二年（一九一三）、大阪生まれ。旧制第三高等学校（現・京都大学）中退。在学中に青山光二らと同人雑誌「海風」を創刊、「雨」が武田麟太郎に認められ、「俗臭」が第十回芥川賞候補に。『夫婦善哉』（昭和十五）が改造社の第一回文芸推薦作品となり、短編の名手として新進作家の代表的存在となる。戦後、『世相』『競馬』『六白金星』『土曜夫人』などを発表。伝統文学を否定した評論『可能性の文学』を書きおえ、昭和二十二年（一九四七）、逝去。

田中英光

ある雑誌社から田中英光さんを撮ってほしいという注文が舞い込みましたが、僕はそのとき田中英光という作家を知らなかったから、いろいろ調べてみましたら、太宰治の大ファンで二メートル近い大男で、第十回ロサンゼルス五輪のボートの選手だったが、いまはかなり薬の中毒にやられているらしいといったことまでわかりました。すごい男だなあと思いましたね。

いよいよ撮るとなると、田中英光さんは注文をつけてきました。太宰治さんと同じように酒場「ルパン」のカウンターで飲んでいるところを撮ってくれというわけです。そのときは、すでに太宰は死んでいたし、織田作之助も亡くなっていました。僕は「いやだ」と断ったんです。織田作も太宰も「ルパン」のカウンターで撮ったあと亡くなっちゃって縁起が悪いから、あのカウンターで撮ることだけはかんべんしてほしい。僕は作家をもう酒場で撮らないことにしていると言って断ったんですよ。そうしたら、英光さんは、「ルパン」でなくてもいいから、とにかく太宰さんと同じようにカウンターで飲んでいるところを撮ってほしいと、それはしつこいんです。とうとう折れて、新橋の烏森あたりにある、「ルパン」にちょっと似ているバーを探してきて、そこで撮ったんです。一升瓶をカウンターにドンと置いてね。しかし、彼は、グラス一杯の水はもらったが、酒は一滴も飲まな

かった。一升瓶に手もかけないのに、撮っているうちに酔っぱらってくるから変だなあと思ったら、ポケットから睡眠薬かなにか薬の瓶をひょいと出して、その瓶の半分ぐらいをドサーッとコップに入れて一気にあおっていた。その当時、ラリるって言葉がはやっていましたが、だんだんラリってきまして、もう口もしどろもどろで、完全な酔っ払いの状態になったんですね。

ところが、撮っているうちに、僕の助手がにわかに腹が痛いと言い出しました。おそらく胃けいれんだったと思いますが、彼は、「ここに寝かすわけにもいかないだろう。僕の知っている店が、この近所にあるから、そこへ連れていきましょう」と言って軽々と助手を肩にかつぎあげて千鳥足で歩き出し、新橋駅前の寿司屋の二階まで運んでくれたんです。そこへ医者を呼んで注射を打ったりしましたが、その間、田中英光さんは、じっと枕元に座って親身になって介抱してくれました。そして、助手の痛みがおさまったとき、こう言ったんです。

「林さん、もう会うこともないかもしれないけど、太宰さんと同じような写真を撮ってもらったんで、僕はもういつ死んでもいいんだよ」

「縁起の悪いことを言わないでくださいよ。まだ、あなたは若いんだし、これからじゃないですか」

僕は、また酒場のカウンターで撮った作家に死なれては気味が悪いから、そう言ったら、

「いや、もういつ死んでもいいんだ」って、しきりに呟いていました。

その寿司屋を出て、今の新橋第一ホテルの前のガード下の暗闇のところで別れましたが、あの大男が背中をまるめて、「さようなら。もう会うこともないかもわからんよ」と言って、フラフラしながら消えていきました。本当にさびしそうでした。

それから、一週間か十日ぐらいか、間もなくでした。太宰の墓前で、田中英光さんが自殺をしたというニュースを聞きました。

あの夜の情景がうかびあがって、田中英光はやっぱり、あのとき、もう死を決意していたのかもしれないと思うと、あけがたまで眠れませんでした。

僕はそれからは酒場で作家の写真を撮らなくなりましたね。

田中英光（たなか　ひでみつ）
大正二年（一九一三）、東京赤坂生まれ。本名、岩崎（田中は母方の姓）。早稲田大学政治経済学部卒業。早大ボート部時代のロサンゼルス五輪予選敗退の経験を描いた『オリンポスの果実』（昭和十五）で第七回池谷信三郎賞。師・太宰治の自死に衝撃を受け薬物中毒になり、昭和二十四年（一九四九）、三鷹禅林寺の太宰の墓前で自殺。『地下室から』『さようなら』『聖ヤクザ』『野狐《やこ》』などがある。

志賀直哉

文壇の大御所といわれる作家は、志賀先生であり、川端先生であり、谷崎潤一郎先生であり、菊池寛先生あたりじゃなかったかと思いますが、これらの先生方は、みんなそれぞれ違うけれど、志賀先生が一番穏やかな目をなさっていたんじゃないかと思うんです。熱海でずいぶん撮らしていただいたときは、あごヒゲをたくわえられていた頃で、非常にいい顔でした。こういう偉い人を撮るのは、本当にもう写真のテクニックとか、どういうセットで撮ろうとか、そんなことじゃないんですね。被写体のもっている魅力というのが大事なんで、写真なんか、ただ押せばいいんだというふうな思いさえするぐらい、すばらしい顔でしたね。

だからカメラをスウーッと一番いい角度だけ見つけてもっていき、笑顔であるのか、すましたときの顔であるのか、そういうときの特徴さえつかめば、いつでもシャッターをポンと押せばいい写真になるんです。

志賀先生と、熱海に在住されていた廣津和郎先生とは、とても仲よしで、よく僕もお供をさせてもらって、熱海の「スコット」という洋食屋さんでごちそうになったり、ずいぶんあちこち連れて歩いていただいたと憶えています。

熱海の伊豆山へ抜ける海辺の道を、廣津先生と散歩されているような姿というのは、なにか熱海の風景までが立派に感じられるようで、やっぱり人間の魅力というのはすごいものです。

その頃、真鶴に住んでいた福田蘭童さんも志賀先生にかわいがられて、よく出入りしていました。あの人は尺八が専門ですが、釣りの名人でも通っていまして、よくエサのかわりに、白いゴム製品とか、そういうものを擬餌にして魚を釣るんですが、あるとき、志賀先生にあごヒゲを懇望したそうです。
「おい、志賀先生の白ヒゲで釣ったんだぞ、君、そんな人はどこにもいないだろう」って。僕はよく蘭童さんから自慢話を聞かされました。

志賀直哉（しが　なおや）
明治十六年（一八八三）、宮城県石巻生まれ。東京帝国大学国文科中退。武者小路実篤や里見弴らと同人雑誌「白樺」を創刊。青年期に受けたキリスト教（内村鑑三）の影響から脱して、『大津順吉』で既存の価値観からの解放と自我の確立、『和解』で父との確執と宥和などの主題を文学的に昇華させ、小説の神様と称される。昭和二十四年、文化勲章。昭和四十六年（一九七一）、逝去。「城の崎にて」「赤西蠣太」「小僧の神様」『暗夜行路』など。

廣津和郎　　志賀直哉（右）と

どなかったと思います。

廣津和郎先生は、晩年はずっと熱海に住んでおられて、東京でお会いしたことはほとんどなかったと思います。

熱海に伺った最初のとき、海岸の「スコット」というレストランに早速連れていってもらいました。その後、志賀直哉先生とご一緒のところを撮ったときも、「スコット」に連れていっていただきました。そのせいか、廣津先生というと、すぐ「スコット」を思い出すのですが、先生が亡くなられてからも、僕は、いまだに熱海に行けば、もちろん伊豆へ行っても帰り道にはかならず「スコット」に寄るんです。そんなふうで、「スコット」は僕にとっても大変印象の深い、親しみのある店になっています。

最近までおやじさんが生きていましたが、いつも料理場から顔を出して廣津先生を偲んで、昔は、こうでしたねえ、うちの子供（いまの当主）が廣津先生に抱かれてねえ、なんていう話をなつかしそうにしていました。それだけ廣津先生というのは魅力があって熱海にファンが多い方で、いつまで経っても廣津先生の思い出話が尽きない。

お会いした感じは、非常に庶民的で、お宅で話すときでも、こちらが正座していると、かえっておかしいような雰囲気をつくる人でした。書斎に座っていても、着物を着て立て膝をしてね、なんとなくやわらかい雰囲気にもってくる、そういう方でした。

そのやさしい先生がいったん松川事件などになると、「被告たちの眼は澄んでいた」と、人が変わったようにきびしくなられて、自分の確信した弁論を押し通して堂々と対処され、最後には勝訴にもっていかれた。そういうしつこさのある、信念を曲げないのをみていて、やっぱり立派な人というのはどこか違うものだと痛感しましたが、本当に偉い人というのは、少しも偉そうに見せない魅力があるものですね。

廣津和郎（ひろつ　かずお）
明治二十四年（一八九一）、東京牛込生まれ。父は硯友社《けんゆうしゃ》の作家、廣津柳浪《りゅうろう》。早稲田大学英文科卒業。大正五年、評論「怒れるトルストイ」が反響を呼び、「神経病時代」で文壇にデビュー。「散文藝術の位置」が数多くの論争を招いた。晩年には、松川裁判に情熱的な弁護活動をつづけた。昭和四十三年（一九六八）、逝去。「死児を抱いて」『女給』『風雨強かるべし』『年月のあしおと』など。

宇野浩二

廣津和郎（右）と

廣津和郎（左）と

宇野浩二（うの　こうじ）
明治二十四年（一八九一）、福岡生まれ。本名、格次郎。早稲田大学英文科中退。大正八年、『蔵の中』でデビューし、『苦の世界』で新進作家としての地位を固める。廣津和郎、芥川龍之介とも親交があり、独特の饒舌体で人間を気取りなく描いた。晩年は盟友・廣津と松川裁判に抗議し、求道的な姿勢から「文学の鬼」と称された。昭和三十六年（一九六一）、逝去。『子を貸し屋』『子の来歴』『うつりかはり』『器用貧乏』『枯木のある風景』『芥川龍之介』など。

「アサヒカメラ」が戦後復刊された頃、当時の津村秀夫編集長から廣津和郎先生と宇野浩二先生を一緒に撮りたまえと言われて、どこで撮ろうかと思案して、結局、上野公園のなかの茶店で撮りました。

当時は、公園の小さなほの暗い茶店ですから電気を引っ張るのにも困りました。外はまだ明るいから内部と両方を画面に入れて撮ることにして、カメラ雑誌だから、当時としては新しい撮り方でやってみようと、コードをえんえんと引っ張って、フラッシュバルブをカメラにつけないで、ちょっと離して、夕方の光のようにして、俗にいう昼間フラッシュの撮影をしました。いまなら何でもないことですが、当時では評判になったんですね。

お二人ともカメラをまったく意識されないで、誰も間に入れないような仲のいい雰囲気がにじみ出ていましたから、もうそれをスナップするだけでも十分にいい写真が撮れたのだと思いますね。廣津先生は志賀直哉先生とも仲がよかったと思いますが、一番の親友は宇野先生のようでした。

宇野先生は、そのときはたまたま背広姿でこられましたが、本当は着物姿で昔のインバネスをはおって黒い中折れ帽のくしゃくしゃになったようなのをかぶってもらって撮れば、いかにも宇野先生らしい写真になったのではないかとちょっと残念でした。

お宅に伺ったら、坂口安吾さんに負けずとも劣らない書斎で、本の山の中で暮らしていらっしゃるようなところがあって驚きました。とにかくものすごい書斎でした。

正宗白鳥

写真ぎらいというと、代表的なのが正宗白鳥先生、山本周五郎さんといわれていましたけれど、ほんとうは、山本さんなどは写真がきらいなんじゃなくて、クローズアップで撮られるとイメージを損なうからということだったんですね。周五郎さんがカメラマンを選んだということは、つまり、周五郎流の写真ぎらいではあっても、本当に心からきらいなんじゃないと思いますね。

正宗先生の場合は、本当に写真ぎらいだったのか、写真なんかに撮られる時間がもったいなかったのか。おそろしく気が短い人だったから、おそらくその辺じゃなかったかと思いますね。

僕の印象でも、たった一枚しか撮って帰らなかったような、あわただしい印象しかないんです。でも、後でネガを引っくり返して見てみると、何枚か撮っている。だから、世上喧伝されたほど、それほどきらいでもなかったような気がするんです。

写真ぎらいといっても、本当に写真のきらいな人っていうのは、それほどいないように思いますね。

このクローズアップの写真を撮ったときも、中野だったか、息子さんの家に早朝の六時ごろに来てくれということだった。当時、タクシーはまだありませんし、始発の電車で行ってもギリギリになるんですね。しかたなしに新宿で飲み明かして、ちょっと仮眠して、撮らしてもらいに出かけていった覚えがあるんですが、お宅へ行ったら、ちょうど軽井沢へ帰られる前の時間だったらしく、ご本人はリュックサックをしょってるんですよ。それもお宅の中じゃなくて、外でね。リュックをとってもらって、窓からのぞいていらっしゃるのを撮った覚えがあります。

あの小さな体で、すごく頑固者で、よく人をどなりつけたらしいですが、無造作な面もあって、リュックを逆さまにしょっても平気だったそうです。「なかのものが落ちなきゃいいじゃないか」って言って、平気で逆さまにかついでたっていうぐらいの人で、傑作なエピソードがずいぶん残っていますね。当時はそういう文士が多かったですね。

友人の巌谷大四さんの話によると、正宗先生、軽井沢から原稿を持って上京するとき、汽車のなかで原稿を忘れてしまった。その足で出版社に寄って、「ちょっとエンピツ貸してくれ」と言って、スラスラと原稿書いちゃった。「はじめより、よくできたなあ」って言って、読み返しもしなかったって。大変な人だったんだなあといまさらのように思います。

正宗白鳥（まさむね　はくちょう）
明治十二年（一八七九）、岡山生まれ。本名、忠夫。東京専門学校（早稲田大学）英語専修科卒業。在学中は内村鑑三の影響を強く受け、キリスト教に入信。卒業後は読売新聞記者として文芸欄で批評の筆をふるった。二十五歳のとき、『寂寞』で文壇に出る。島崎藤村や田山花袋に続く自然主義作家として活躍。昭和三十七年（一九六二）、逝去。『何処へ』『入江のほとり』『自然主義文学盛衰記』などがある。

佐藤春夫

佐藤春夫（さとう　はるお）
明治二十五年（一八九二）、和歌山県新宮生まれ。慶應義塾大学文学部中退。投稿した短歌が石川啄木の選に入るなど早くから詩歌の才能が開花、小説『田園の憂鬱』で文壇の注目を集める。友人谷崎潤一郎の妻千代との三角関係から詩集『殉情詩集』が生まれた。昭和三十五年、文化勲章。昭和三十九年（一九六四）、逝去。『都会の憂鬱』『美しき町』『退屈読本』『晶子曼陀羅』など。

佐藤春夫先生を撮影したのはずいぶん古い話ですが、暗闇から出てきたキリンのような感じがしました。

背が非常に高くて、顔も細長く、耳がでかくて、今でいえば、テレビの劇映画かなにかで、シネマスコープのレンズを外した写真が出てくるでしょう。タイトルバックがね。すると、全部が細長く見えるでしょう。あの中に出てくる人物のような感じを受けました。

邸宅は、クラシックな建物で、これまた変なたとえだけれど、江戸川乱歩の探偵物に出てきそうな西洋館の暗い家で、書斎も非常に変わっていました。六角テーブルがあったし、普通なら座布団は真四角に敷いて座るものですが、先生は菱形の対角線に着物姿で座って、膝がこぼれても平気な顔でした。

中国文学にも造詣が深かったと思いますが、置き物なども中国のものが多かったです。

大体、この写真を撮った部屋は、座るようなところではないですね。畳がちょっと一枚だけ入れてあって、周りは板の間です。いま思えば、これだけの面白い西洋館のセットなら、もっとこのままの雰囲気を出すように、ほの暗い感じに撮ったと思いますが、当時はストロボではなくて、閃光電球でピカッと一発で撮っていますから、そういう雰囲気が出せない。実に惜しいセットでした。

菊池寛

菊池先生には、カメラを持ってお会いしたのはたった一回きりでした。あとは酒場「ルパン」で偶然お見かけしたり、外でそれとなくお会いしただけでしたが、会わないわりに強く印象に残る人でした。

一回こっきりのお宅へ伺ったとき、なにしろ文壇の大御所なんていわれていましたから、こちらはビビっちゃって、誰かと対談をされているのをスナップしたんですが、お話の邪魔にならないように気をつかって、心ならずもいい加減にきりあげたような状態だったと覚えています。

撮っているときに気づいたことですが、先生は洋服をちゃんと着ていながら、足袋をはいていて、それでスリッパを引っかけておられた。その足袋小鉤《こはぜ》が全部はずれて、スリッパのように無造作にはいているところが、なんとも強く印象に残っていますね。タバコの灰をどこにでも、床でも、椅子のひじでもかまわない、どんどん平気で落としていく。そういう無頓着な、大人《たいじん》の風貌がありましたね。いまなら、おそらく、足袋の小鉤のはずれているところをローアングルで強調して撮ったと思いますが、そのころは、こちらも若いし、そういう大御所の前では緊張していて、とても撮れるような心臓の強さは持ち合わせていなかった。いま思えば、大変残念でしたね。

晩年には、銀座で将棋をやる前に、よく織田作之助さんを連れて酒場「ルパン」にあらわれていたのを遠くからお見かけしたことがありますが、文藝春秋の社長で、大映にも関係しておられた先生の経営感覚というものは抜群だったんでしょうね。どこで聞いても、文春の評判は大変なものでしたね。同族会社じゃなくて、利潤は全部社員に分けるというふうな、厳しい先生ふうな生き方が浸透して社員がはつらつとしていたのが原因じゃないかと思いますが、現実的な着眼の鋭い大人物という感じでした。

菊池寛（きくち　かん）
明治二十一年（一八八八）、香川県高松生まれ。本名、寛《ひろし》。京都帝国大学英文科卒業。芥川龍之介、久米正雄らと第三次「新思潮」に加わり、『無名作家の日記』『忠直卿行状記』『恩讐の彼方に』などの作品をもって文壇の地位をきずく。大正十二年、「文藝春秋」を創刊、文芸家協会をつくり、芥川賞・直木賞を設けるなど、すぐれたジャーナリストでもあった。昭和二十三年（一九四八）、逝去。『父帰る』『藤十郎の恋』『真珠夫人』など。

久米正雄

夏目伸六夫人と

浜本浩（左）と

久米先生は還暦で亡くなったから、僕が久米、菊池両先生を撮ったのは、作家を撮りはじめた最初の頃になります。

撮った頃は、こちらもまだ青年だったせいもあって、大変なお年の人だなあと思っていましたが、今となると、こちらの方がとっくに久米先生らの亡くなった年齢を通り越していて、昔は若いうちからずいぶん偉い人がいたんだなあと、今さらのように思い出します。久米先生の書かれるものは、大衆小説というか通俗小説というか、幅ひろい支持層があったようですが、戦争中は日本文学報国会の常任理事、事務局長で大変華やかな活躍をされました。

戦後、よく新橋の飲み屋街にあらわれました。漱石の息子の伸六さんの奥さんが飲み屋をやっていて、そこでよく飲んでおられる姿を見かけました。「先生、あそこで撮りましょう」と言って伸六夫人と一緒のところを撮ったのを覚えていますが、伸六夫人もずいぶん酒は強くて派手な人だったし、久米先生とぴったり合う感じの人でした。

久米正雄（くめ　まさお）
明治二十四年（一八九一）、長野県上田生まれ。東京大学英文科卒業。在学中、芥川龍之介らと「新思潮」を刊行、御真影焼失の責任から自殺した小学校校長の実父を描く「父の死」を発表。漱石の娘筆子との失恋を描く『螢草』で流行作家に。戦時中は日本文学報国会常任理事・事務局長。「微苦笑」という語の発明者として知られる。昭和二十七年（一九五二）、逝去。『受験生の手記』『破船』など。

武者小路実篤

武者小路というのは、はじめペンネームかと思ったら、そうではなくて、お公家さんでした。東京生まれで、武者小路実世子爵の八男坊で、志賀先生らと白樺派の文学運動をされた。

でも、僕は、作家としての武者小路先生よりも画家としての先生の方に親しみを覚えていますね。

わりに気楽に撮らしてもらえたのは、先生の息子さんが映画監督の勅使河原宏のグループで、その勅使河原さんの第一回作品が16ミリの「十二人の写真家」だったんですが、その作品に、僕は、木村伊兵衛さんや土門拳さんらと出ていて、そのときのスタッフの一人が武者小路先生の息子さんだったんです。その後、お父さんを紹介してもらって撮ったので、子煩悩な先生でしたから何でも言うことをきいてもらえたんです。

先生は、非常に明るい人なんですが、ほとんど口をきかれない。「先生、表へ出てください」って言ったら、「はいっ」って出られる。しかし、あとは黙ったまま、絵ばっかり描いている。絵を描いているところさえ撮ってもらえばいいと、ちゃんとご本人は心得ていたのかもしれませんね。カボチャとナスとキュウリの絵を、そればっかり描いている。一言も口をきかないでね。だから、どうしても、絵を描いているところを撮らざるをえな

くなる。それが巧まざる演出であったのか、どうか。そのかわり、ちっともいやな顔はされない。

色紙は、自分のノルマにしていて、一日に何十枚も書くって言われました。片っ端から同じものを頼まれなくても書く。

僕は〝股旅の忠さん〟といわれるほど、よく旅行しますが、旅館へ泊まると、十軒のうち五軒は、きっと武者小路さんの色紙がかかっています。これはたいしたものですね。これだけ日本中の旅館や食堂まで武者小路先生の絵があるっていうことは、ちょうど東郷青児の絵が包み紙になったり、複製されて全国にちらばっているようなもので、武者小路先生の絵も、直筆だか何だかわからないぐらい全国に散らばっている。そういうところで、むしろ人気があるんですね。

それにしても、実に人柄のいい方でした。武蔵野の林の中にお宅があって、外へ出れば雑木林の中を散歩できる、すばらしい環境だったですね。

武者小路実篤（むしゃのこうじ　さねあつ）
明治十八年（一八八五）、東京麴町生まれ。幼時死別した父は子爵。東京帝国大学社会学科中退。学習院中等科のころから志賀直哉との交友が深く、明治四十三年「白樺」を創刊。「新しき村」づくりをすすめ、人道主義の啓蒙活動で大きな影響をおよぼす。昭和二十六年、文化勲章。昭和五十一年（一九七六）、逝去。『お目出たき人』『友情』『真理先生』など。

里見弴

里見弴先生は、本名は山内英夫で、有名な有島芸術一家の一人ですね。お兄さんが有島武郎、有島生馬で、一族には実業家や役人や俳優の森雅之さんなどが輩出しています。

里見先生は、作家のなかではめずらしくチャキチャキのべらんめえ口調で、江戸っ子気質でしたね。

縁なしのメガネ越しにジロッとにらまれると、もうゾォーッとするような、男の初老の魅力っていいますか、そういう凄みを持っておられた方ですね。

着物も、唐桟の着物みたいなのがよく似合いましたね。着物の着方を女の人がよく教わったそうです。着物を着るとき、かかとで着物の裾をフッと押さえて、それで前を締めて帯を結ぶと、着物が上がってちょうど長さのバランスがよくとれる。そういう着物の着方まで実に造詣が深くておしゃれで、このぐらい着物のよく似合う人も珍しかったのではないかと思います。

普通なら着物で横座りになっていると、本当にだらしのない格好になりますが、先生がそうされても全くサマになるんですね。やはり江戸っ子作家というべきでしょうね。

七十歳になっても野球をやっていました。里見先生のチームがあって、ピッチャーをやるんです。おそろしく元気のいい人だったんですね。

銀座の「ルパン」も、里見先生の名づけだったと思います。「ルパン」の陰の親分みたいな人で、僕なんかは大変にお世話になったものです。僕の子供に、こちらで勝手に、先生の山内英夫の「英」の字をもらって、英比古とつけたぐらい心酔している作家だったんです。

たしか先生に聞いたと思いましたが、人の名前でも会社の名前でも、ズバリ左右半分に割れるのがいいというのです。たとえば文藝春秋にしても、中央公論にしても、表からみても裏からみても、大体真ん中から割れて、両方が読める。火野葦平さんからも聞きましたが、僕の下の子供は林森というのですが、森と書いてシゲルと読ませる。木が茂るという意味です。そういうふうに読ませる。これは真ん中から割れるから非常にいいんだって、葦平さんがいうんです。出版社でも、全部真ん中から割れる会社がよくなっていると、里見先生から聞いたような気がします。

里見弴（さとみ　とん）
明治二十一年（一八八八）、横浜生まれ。本名、山内《やまのうち》英夫（姓は母方のもの）。長兄が有島武郎《たけお》、次兄が生馬《いくま》。東京帝国大学英文科中退。学習院で兄の友人である志賀直哉らと交友が深まり、「白樺」創刊に参加する。志賀らとの青春の彷徨を描いた『善心悪心』で文壇にデビュー。昭和五十八年（一九八三）、逝去。『多情仏心』『安城家の兄弟』『極楽とんぼ』など。

松本清張

松本清張（まつもと　せいちょう）
明治四十二年（一九〇九）、福岡県小倉生まれ。尋常高等小学校卒業後、印刷工などを経て、朝日新聞西部本社に入社。昭和二十六年、「週刊朝日」の懸賞小説に『西郷札』が入選して、直木賞候補となり、翌年、『或る「小倉日記」伝』で第二十八回芥川賞受賞。犯罪の動機を重視した社会派推理小説で一世を風靡、歴史物から評伝まで数々の意欲作を発表した。平成四年（一九九二）、逝去。『点と線』『ゼロの焦点』『砂の器』など。

井伏鱒二

井伏鱒二（いぶせ　ますじ）
明治三十一年（一八九八）、広島生まれ。本名、滿寿二《ますじ》（筆名は釣り好きから）。早稲田大学仏文科中退。「山椒魚」などの詩情あふれる哀愁とユーモアある作風が注目され、文壇に登場。昭和十二年、『ジョン万次郎漂流記』で第六回直木賞。昭和四十一年、文化勲章。平成五年（一九九三）、逝去。『多甚古村』『遥拝隊長』『さざなみ軍記』『本日休診』『珍品堂主人』『黒い雨』など。

大江健三郎

大江健三郎（おおえ　けんざぶろう）
昭和十年（一九三五）、愛媛生まれ。東京大学仏文科卒業。在学中の昭和三十三年、『飼育』で第三十九回芥川賞を受賞。石原慎太郎らと「第三の新人」に続く新世代の旗手として注目を集め、また戦後世代の代表的作家として健筆をふるう。平成六年、ノーベル文学賞受賞。『死者の奢り』『芽むしり仔撃ち』『個人的な体験』『ヒロシマ・ノート』『万延元年のフットボール』『同時代ゲーム』など。

安岡章太郎

安岡章太郎（やすおか　しょうたろう）
大正九年（一九二〇）、高知生まれ。慶應義塾大学国文科卒業。脊椎カリエスにかかり、戦後病床で書いた「ガラスの靴」で「三田文学」に登場。昭和二十八年、『陰気な愉しみ』『悪い仲間』で第二十九回芥川賞、「第三の新人」の代表的作家となる。平成二十五年（二〇一三）、逝去。『海辺《かいへん》の光景』『幕が下りてから』『走れトマホーク』『流離譚』など。

水上勉

水上勉（みずかみ　つとむ）
大正八年（一九一九）、福井生まれ。立命館大学国文科中退。宇野浩二に師事し、昭和三十六年、幼時の僧院生活を基にした『雁の寺』で第四十五回直木賞。『越前竹人形』が谷崎潤一郎による激賞を得る。平成十年、文化功労者。平成十六年（二〇〇四）、逝去。『五番町夕霧楼』『飢餓海峡』『一休』『金閣炎上』など。

吉行淳之介

吉行淳之介（よしゆき　じゅんのすけ）
大正十三年（一九二四）、岡山に生まれ、幼少期から東京で過ごす。父は作家の吉行エイスケ。東京大学英文科中退。昭和二十九年、結核闘病中に書いた「驟《しゅう》雨《う》」で第三十一回芥川賞。遠藤周作や安岡章太郎らとともに「第三の新人」と呼ばれた。平成六年（一九九四）、逝去。『砂の上の植物群』『星と月とは天の穴』『暗室』『鞄の中身』『夕暮まで』など。

三浦哲郎

三浦哲郎（みうら　てつお）
昭和六年（一九三一）、青森県八戸生まれ。早稲田大学仏文科卒業。幼少期から青春期にかけて兄姉四人が自殺や失踪するなどし、血族の問題から文学を志す。井伏鱒二に師事した。昭和三十五年、『忍ぶ川』で第四十四回芥川賞。平成二十二年（二〇一〇）、逝去。『海の道』『ユタとふしぎな仲間たち』『白夜を旅する人々』など。

井上靖

井上靖（いのうえ　やすし）
明治四十年（一九〇七）、北海道旭川生まれ。京都帝国大学哲学科卒業。父は陸軍軍医で、幼少期に両親とわかれ郷里の祖母のもとで育つ（自伝的な作品『しろばんば』『あすなろ物語』に詳しい）。昭和二十四年、四十歳で書いた「闘牛」で第二十二回芥川賞。昭和五十一年、文化勲章。平成三年（一九九一）、逝去。『ある偽作家の生涯』『風林火山』『氷壁』『天平の甍』『敦煌』『おろしや国酔夢譚』『本覚坊遺文』など。

瀬戸内寂聴

瀬戸内寂聴（せとうち　じゃくちょう）
大正十一年（一九二二）、徳島生まれ。旧名は晴美《はるみ》。東京女子大学国語専攻部卒業。昭和三十八年、『夏の終り』で第二回女流文学賞受賞。昭和四十八年、奥州平泉中尊寺で得度。平成十八年、文化勲章。『田村俊子』『かの子繚乱』『美は乱調にあり』『遠い声』『妬心』『女徳』『花に問え』『現代語訳源氏物語』など。

宇野千代

宇野千代（うの　ちよ）
明治三十年（一八九七）、山口生まれ。岩国高等女学校卒業。小学校教員を経て上京。尾崎士郎、東郷青児、北原武夫と同棲・結婚する。昭和四十五年に『幸福』で女流文学賞。雑誌社経営でも手腕を発揮、きものデザインも手がけた。平成二年、文化功労者。平成八年（一九九六）、逝去。『色ざんげ』『おはん』『生きて行く私』など。

石原慎太郎

石原慎太郎（いしはら　しんたろう）
昭和七年（一九三二）、神戸生まれ。弟は石原裕次郎。一橋大学法学部卒業。昭和三十一年、『太陽の季節』で第三十四回芥川賞。大ベストセラーとなり、「太陽族」が流行、社会現象化した。環境庁長官、運輸大臣、東京都知事などを歴任。『完全な遊戯』『星と舵』『亀裂』『日本零年』『行為と死』『化石の森』『弟』など。

斎藤茂吉

斎藤茂吉（さいとう　もきち）
明治十五年（一八八二）、山形生まれ。東京帝国大学医科大学医学科卒業。伊藤左千夫に師事、「アララギ」同人。また、精神科医として青山脳病院を開き、芥川龍之介らを診察した。昭和二十六年、文化勲章。昭和二十八年（一九五三）、逝去。『赤光』『あらたま』などの歌集がある。

人間、偉くなると、通常言うまずい顔でも年輪の刻まれた魅力のある顔になり、そっとカメラを近づけてクローズアップで撮ればさまになります。斎藤茂吉先生もそのお一人だったと思います。

当時、この写真を撮ったころは、僕もまだ若造で、とにかく茂吉先生の前に行ったら武者ぶるいがとまらないような状態で、一枚の写真をどうして撮って帰ったのか、いまは全く記憶がない。しかし、出来あがった写真をみると、さすがに不世出の歌人らしい風貌を備えて実に深い存在感がありました。

その巨星の茂吉先生の長男の茂太さんとは親しくさせてもらい、また茂太さんの弟の北杜夫さんにも何度か気楽に写真を撮らせてもらったことがあり、斎藤家とは写真の上では相当つき合いがありましたが、茂吉先生とはほとんど口をきいた覚えがないのが残念でたまりません。

数年前、最上川へ行き、茂吉先生がお住まいだった大石田のお宅を取材したことがありましたが、その最上川のほとりの藁ぶきの家は、短歌に素人の僕がみても、いかにも歌人茂吉先生を生み出すような趣のある雰囲気だったのを覚えています。

中島健蔵

中島健蔵（なかじま　けんぞう）
明治三十六年（一九〇三）、東京麴町生まれ。東京帝国大学仏文科卒業。ヴァレリーやボードレールなどフランス文学の研究で知られ、幅広い評論活動をした。昭和五十四年（一九七九）、逝去。『アンドレ・ジード 生涯と作品』『自画像』『回想の文学』など。

難しい人の多い評論家のなかで中島健蔵さんぐらい親しみのある人はいなかったような気がします。会の世話役を片っ端から引き受けるような人柄で、戦争中は文学報国会の世話をやっていたが、参謀本部の外郭団体の東方社の役員にもなっていました。東方社には僕らの先輩の木村伊兵衛さんも理事でいましたが、中島さんは理事のほか写真の対外宣伝をやられ、写真を撮りまくっていましたね。

戦後も写真を撮りつづけ、知らない人は中島健蔵は写真家じゃないかと思っていたような時代もありました。僕らも飲んでいるときに会うと、やたらにバチバチ撮られたが、その写真は一枚も見ることもなく、誰ももらったことがないという名カメラマンでした。うっかり写真をくれなどと言おうものなら、気位の高い彼は、「バカヤロウ、俺の写真が気安くやれるか」とべらんめえ調の返事をするに決まっているから誰も請求できなかったんですよ。

「アメリカの野郎、広島にすごい爆弾を落としやがった。どうも原子爆弾じゃないかと思う。こうなったらもういけねぇや」と言ったそうだが、いち早く原子爆弾とわかったのは、やはり相当に学のある人ではなかったかと思います。米軍上陸にそなえて東方社の書類などをボイラーで焼いたんですが、半焼けが煙突からボンボン飛び出すので、あわててみんなが集めようとしたら、中島さん、呵々大笑して、「もうどうとでもなりやがれだ」と言ったそうです。

三好徹

三好徹（みよし　とおる）
昭和六年（一九三一）、東京生まれ。横浜国立大学経済学部卒業。読売新聞記者を経て、昭和三十四年、「遠い声」でデビュー。昭和四十一年、『風塵地帯』で推理作家協会賞、昭和四十三年、『聖少女』で第五十八回直木賞。『チェ・ゲバラ伝』『私説・沖田総司』『興亡と夢』『興亡三国志』など。

五木寛之

五木寛之（いつき　ひろゆき）
昭和七年（一九三二）、福岡生まれ。朝鮮半島で育ち、敗戦となり昭和二十二年帰国。早稲田大学文学部露文科中退。業界紙編集、ＣＭソングの作詞家などを経て、ソ連や北欧に遊んだ経験から『さらばモスクワ愚連隊』を発表し注目され、昭和四十一年、『蒼ざめた馬を見よ』で第五十六回直木賞。『青春の門』『大河の一滴』など。

野坂昭如

野坂昭如（のさか　あきゆき）
昭和五年（一九三〇）、鎌倉生まれ。早稲田大学仏文科中退。放送作家、作詞家などを経て作家に。「エロ事師たち」が三島由紀夫に激賞される。昭和四十二年、『火垂るの墓』『アメリカひじき』で第五十八回直木賞。「四畳半襖の下張」裁判や国会議員当選で話題に。『骨餓身峠死人葛』『戦争童話集』『文壇』など。

野間宏

野間宏（のま　ひろし）
大正四年（一九一五）、神戸生まれ。京都帝国大学仏文科卒業。在学中に体験した左翼運動の崩壊を描く『暗い絵』で第一次戦後派の作家に。雑誌「人民文学」の編集に携わり、社会の構造を総合的に捉える「全体小説」を提唱した。平成三年（一九九一）、逝去。『真空地帯』『青年の環《わ》』『狭山裁判』など。

山本有三

山本有三（やまもと　ゆうぞう）
明治二十年（一八八七）、栃木生まれ。本名、勇造。東京帝国大学独文科卒業。一高時代に芥川龍之介、菊池寛らを知った。大正九年戯曲『生命の冠』でデビューし、人道主義的な劇作家から小説家へ。戦後は参議院議員もつとめた。昭和四十年、文化勲章。昭和四十九年（一九七四）、逝去。『女の一生』『真実一路』『路傍の石』、戯曲「米百俵」など。

豊島與志雄

昭和二十一年、初めて織田作之助にカメラを向けて以来、三十年近く、百二、三十人の作家を撮りつづけましたが、一、二度写真を撮ったことですごく親しくなる人もあれば、撮っただけで、その後、まったく縁のない人もいます。その縁のない方の一人が豊島與志雄先生でした。

戦後、僕の一番親しい火野葦平さんにくっついて、上野のお宅に伺ったんです。豊島先生は酒豪で、碁も強いと聞いていましたから、そのへんで葦平さんとはずいぶん仲がよかったらしく、葦平さんに連れて行ってもらってやっと撮れたように記憶しています。

そのお宅は、戦災で焼け野原になった東京とは思えないほどの古めかしい立派な建物でした。非常にしっかりした建材で、まわりにはうっそうとした庭木が繁っていました。

書斎に入ると、畳敷きの上の机は床よりも一段高いところにあるという珍しい書斎でした。みんな戦争で焼けてしまったときに、こんな家があるのか、と信じられない驚きが強くて、その印象が今も頭にこびりついています。

豊島與志雄（とよしま　よしお）
明治二十三年（一八九〇）、福岡生まれ。東京帝国大学仏文科卒業。菊池寛、芥川龍之介らと第三次「新思潮」を創刊、「湖水と彼等」を発表。『レ・ミゼラブル』『ジャン・クリストフ』などの翻訳でも知られる。昭和三十年（一九五五）、逝去。小説に『野ざらし』『白い朝』など。

北原武夫

戦時中、「アサヒグラフ」や内閣の「写真週報」などの報道写真をやっていたせいか、戦後、僕はいつのまにか男子専科の写真家にさせられていましたが、あるとき、どうしたことか、宇野千代さんのやっていたスタイル社の仕事が舞い込みました。宇野さんのご主人の北原武夫さんがその頃は社長になっていて、それが機縁で作家の一人として撮らせてもらったりしました。柔らかい着物をゾロッと着流しにして、顔はメーキャップしたような白皙で、眉毛もかいているような感じで、どちらかというと、僕の肌に合わない、僕のカメラの対象でない風貌の持ち主でしたね。

よく慶応タイプと早稲田タイプと比較して早稲田は男らしい蛮カラが多く、慶応ボーイというと　なんとなく軟派を連想しますが、北原さんは多分慶応じゃないかと思ったら、案の定そうでした。

やがて、北原さんは男女間の情痴の世界を描いた小説を書きつづけ、その心理描写は北原さん独特のものがあったように言われていますが、それは、もう、スタイル社の再建のために死にものぐるいで原稿を書きまくったのだろうと思います。その点では、社長みずから負債を返済していこうという男らしさがあったように思えます。

北原武夫（きたはら　たけお）
明治四十年（一九〇七）、小田原生まれ。慶應義塾大学国文科卒業。都新聞の記者を経て、昭和十三年、「文芸」に発表した「妻」が第八回芥川賞候補となる。数々の心理小説を発表。宇野千代と結婚（のち離婚）し、ファッション誌「スタイル」を創刊。昭和四十八年（一九七三）、逝去。『桜ホテル』『告白的女性論』『情人』など。

石川　淳

石川淳さんを太宰や坂口安吾と同じような無頼派と思うのは大変な間違いのように思います。東京外語仏語科を出て旧制の福岡高校で教鞭をとり、和漢洋に精通する実に幅広い学者でもあったんですね。

僕が石川さんに会うのはいつも「ルパン」で、酒を飲んでいる彼しか知らなかった。飲んでいるときのすさまじさは、酔うにしたがってバカヤロウの連発で、ちょっと今では見られない酔っぱらいでしたね。何か言うたびにバカヤロウと言うので、数えてみたら、一晩に二十数回は言っていたように思います。そのバカヤロウの調子が、酔っているのに、江戸っ子が啖呵を切るような歯切れのよさで、無口な人が不思議に饒舌になっていなせな言葉を使うなあと思ったら、浅草の生まれということで、なるほどと合点がいきました。「ルパン」のママなどは、石川淳さんが酔ってくると、「これ、預かってんのよ」と言って、ポケットに電車賃を残しただけで、腕時計から定期、財布まで、全部あずかっていましたね。ときどき、酔っぱらって新橋駅のホームに座り込んでいる姿を見かけましたが、本当に大変な飲んべえでした。

この本をつくるのに石川さんのネガを探したが見当たらず、石川家に差しあげた写真を複写しましたが、その写真の裏に、林忠彦君が撮影、ときちんとした字で書かれていまし

った。いかにも学者肌の大真面目なところが感じられ、酔っぱらいの石川さんしか知らなかったのが申しわけないように思います。

石川淳（いしかわ　じゅん）
明治三十二年（一八九九）、東京浅草生まれ。本名、淳《きよし》。東京外国語学校仏語科卒業。アンドレ・ジイドやアナトール・フランスの翻訳のかたわら小説を書き、昭和十二年、『普賢』で第四回芥川賞。『マルスの歌』（昭和十三）が厭戦的であるとして発禁処分になり、江戸文学に傾倒。昭和六十二年（一九八七）、逝去。『森鷗外』『紫苑物語』『白描』『至福千年』『狂風記』『江戸文學掌記』など。

深沢七郎

深沢七郎（ふかさわ　しちろう）
大正三年（一九一四）、山梨生まれ。山梨県立日川中学卒業。日劇ミュージックホールのギター奏者をしていたが、『楢山節考』（昭和三十一）で第一回中央公論新人賞を受賞、作家に。昭和三十五年、「風流夢譚」が嶋中事件を誘発し、一時筆を折る。昭和六十二年（一九八七）、逝去。『東北の神武たち』『庶民烈伝』『笛吹川』『みちのくの人形たち』など。

ストリップで有名な日劇ミュージックホールにギターを持って出演している一楽士が、『楢山節考』で中央公論の新人賞をとって一躍有名になり、異色の作家として文壇におどり出たからびっくりしました。その深沢さんが、皇太子の首を切るという物議をかもすような『風流夢譚』を書いたときは、出版元の嶋中社長宅にまで右翼が襲い、深沢さんは一時失踪して長いこと行方をくらましていました。そのうち、埼玉県でラブミー農場をやっていることがわかり、そこを訪ねて撮ったのが、この写真です。

戦後、今では想像もつかないような奇行の文士連中がいましたが、なかでも本当の奇人と呼べるのは深沢七郎さんでしょう。

石坂洋次郎さんに会いたくて玄関まで行ったが、とても怖くて入れず、なかをうかがおうと木にのぼって犬にほえられ、挙動不審でとがめられたという話。対談をやって出版社からの謝礼を「こんなものはとてももらえません」と逃げ帰り、謝礼をもってミュージックホールまで追いかけていくと、「しゃべってお金がもらえるんですか」とまことに不思議な顔をしたといいます。

だが、ラブミー農場で会ったときは、下町のおやじが楽器をつまびいて楽しんでいるような雰囲気で、奇人の面影はさっぱり消えていましたね。でも、やがて下町で今川焼き屋をはじめたんですから、やはり変わっていたんでしょうね。

田宮虎彦

田宮虎彦（たみや　とらひこ）
明治四十四年（一九一一）、東京生まれ。東京帝国大学国文科卒業。「人民文庫」の執筆に加わるが、検挙され廃刊。教職などのかたわら創作を続け、戦後、没落士族を描く歴史小説「霧の中」などで本領を発揮。亡妻との往復書簡『愛のかたみ』がベストセラーに。昭和六十三年（一九八八）、逝去。『絵本』『菊坂』『落城』『足摺岬』など。

昭和六十三年四月九日、ブラウン管に突然、田宮虎彦さんの自殺のテロップが流れたときは本当に愕然としました。これまで二、三回しか会わなかったのに、妙に気になる作家の一人でした。一見、男らしいマスクで、自殺なんてことは想像もつかないようなたくましい風貌のように見えましたが、あれで、神経質で孤独な弱さを秘めていたんですね。長年、人物を撮っていながら、人は風貌だけではわからないものだということを改めて感じさせられました。

むかし、「小説のふるさと」の仕事で、代表作の『足摺岬』をとりあげ、田宮さんと同行する予定でしたが、直前に奥さんの手術で行かれず、僕だけが行きました。田宮さんは一回も足摺岬へ行かずに書いたそうですが、本当に見てきたような描写で、作家の感性の鋭さには驚きあきれたものでした。

『足摺岬』の主人公は、自殺の場所を求めて足摺岬まで出かけていき、結局、どうしても身を投げられず、宿のお遍路さんと薬売りの老人に助けられる。

田宮さんの投身を思うとき、『足摺岬』の描写がふと脳裏に浮かんできて、なんとも言えず複雑な思いがします。田宮さんの自殺と、『足摺岬』とは、今から思うと、なにか因縁があるような気がしてなりません。

北条誠

田村泰次郎（右）と

北条誠（ほうじょう　まこと）
大正七年（一九一八）、東京生まれ。早稲田大学国文科卒業。川端康成に師事し、「春服」が第十一回芥川賞候補。戦後、ラジオドラマ「向う三軒両隣り」や初のＮＨＫ大河ドラマ「花の生涯」の脚本を手掛ける。昭和五十一年（一九七六）、逝去。『寒菊』『一年』など。

北条誠さんは東京の芝出身の江戸っ子。僕と同年で、僕と同じように胸を患って痩軀でした。それに、僕のよく知っている銀座のさる女性と自他ともに認める親しさで、噂にものぼっていました。

たしか日比谷あたりで撮ったとき、「やっと忠さんが撮ってくれるようになった。一連の作家シリーズの写真に加われて嬉しい」と、その女性が言っていたという伝言をきいてこちらも急に北条さんに親近感を抱いたものです。北条さんがちょっと似合わない風呂敷包みを持っているので、訊くと、「あっ、忘れてた。例のヤツが、これ、酒好きの忠さんに渡してくれと言ってよこしたんだよ」と言って、当時は大変貴重なウイスキーのボトルをそっとくれたことがありました。

北条さんぐらい喜んでカメラの前に立った人は少ないと思います。陰の人と二人に喜ばれたということで、僕はこの二人に非常に親近感をもった思い出があります。

その後、僕がペンクラブに入会するようになったのも北条誠の推薦だし、酒の方もよく一緒になって飲み歩きました。はじめの頃は、二人とも五十キロ前後だったのに、いつの間にか同じようにどんどんふえて北条さんの晩年には二人とも八十キロ以上の肥満体に変貌しました。「おい、俺のほうがスマートだな」なんて言いながら飲んだ時代が長かったんですが、彼の方がちょっと太りすぎのためか、残念ながら先に行ってしまいました。

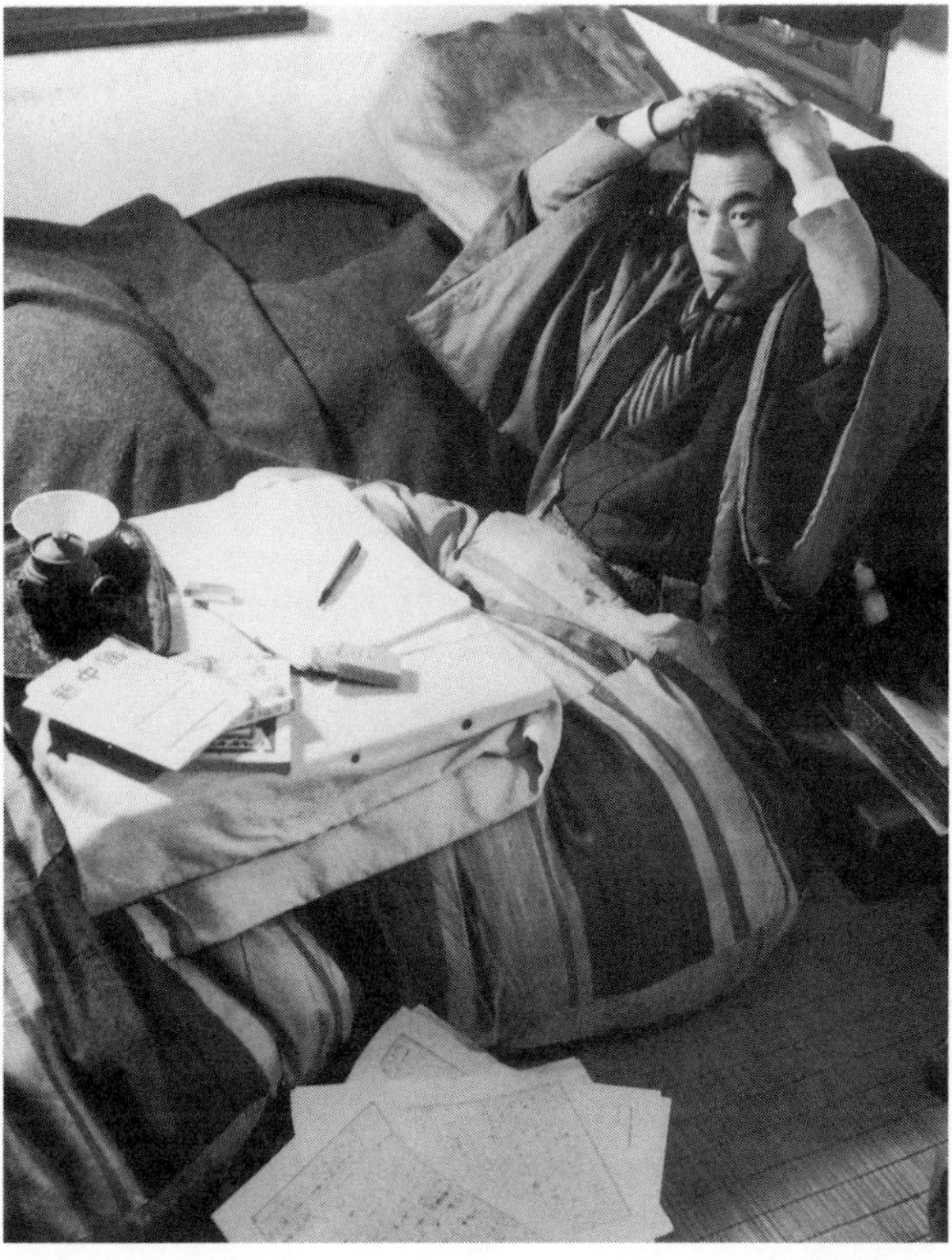

棟田博

棟田博（むねた　ひろし）
明治四十一年（一九〇八）、岡山生まれ。早稲田大学国文科中退。長谷川伸に師事し、日中戦争の従軍体験を素材とした『分隊長の手記』がベストセラーに。戦後、『拝啓天皇陛下様』が映画化され話題に。昭和六十三年（一九八八）、逝去。『台児荘』『陸軍よもやま物語』など。

「ムネサンガレンラクシテクレ　デンワシロト　サカンニヨビマシタ　ジユワキヲモッタノハ　ゴリンジユウノスウコクマエデシタ……」

これは、ムネさんの訃報に対して打った僕の弔電の一部です。

棟田博さんとは、終戦の直前、彼が北京に時局講演会で来たときが初対面でした。それ以来、引き揚げまでの半年間、不思議にウマが合って、同居生活のような日を送ったものでしたが、夜は酒を痛飲し、これからの日本について語りあかしたり、ヤケクソでバクチをやったりでした。

やがて、彼に「文藝春秋」などの著名な編集者を紹介され、僕は身の回りを整理して、当時にしては相当な大金を彼にあずけ、北京に粘るようならこれを取材費にしてくれと言って、北京駅頭で別れたことを覚えています。

その後、数年に一度ぐらいしか会うチャンスもありませんでしたが、彼は茅ヶ崎の海岸に住み、原稿を書きながら街の名士になり、近くの海辺で投げ釣りを楽しむ、悠々自適の生活でした。釣り好きの僕は何度か一緒に糸を垂れたことがあります。

虫が知らせたというのでしょうかね、何かテレパシーを感じて久しぶりに電話をかけたら、「人事不省なんです」という奥さんの涙声が返ってきました。翌日の新聞の死亡欄で、その電話の三時間後に死んだことを知りました。僕は宗教心などまったくないが、こんどのことでは驚いて、はじめて霊の存在を知ったような気がしました。

近藤啓太郎

近藤啓太郎（こんどう　けいたろう）
大正九年（一九二〇）、三重県四日市生まれ。東京美術学校日本画科卒業。中学校の図工教師のかたわら小説を書く。昭和三十一年、「海人舟《あまぶね》」で第三十五回芥川賞。「第三の新人」に数えられる。平成十四年（二〇〇二）、逝去。『海』『大観伝』『近代日本画の巨匠たち』『奥村土牛』など。

北杜夫

北杜夫（きた　もりお）
昭和二年（一九二七）、東京青山生まれ。本名、斎藤宗吉《そうきち》。斎藤茂吉の次男。東北大学医学部卒業。昭和三十五年、『夜と霧の隅で』で第四十三回芥川賞。平成二十三年（二〇一一）、逝去。『幽霊』『どくとるマンボウ航海記』『楡家の人びと』『輝ける碧き空の下で』など。

幸田文

幸田文（こうだ　あや）
明治三十七年（一九〇四）、東京向島生まれ。父は幸田露伴。女子学院卒業。父の死を描いた随筆「終焉」「葬送の記」で注目され、小説『流れる』などを発表。昭和六十三年（一九八八）、逝去。『父』『こんなこと』『みそっかす』『黒い裾』『おとうと』など。

山口瞳

山口瞳（やまぐち　ひとみ）
大正十五年（一九二六）、東京麻布生まれ。國學院大学文学部卒業。河出書房や壽屋（現・サントリー）ＰＲ誌「洋酒天国」の編集やコピーライターとして活躍。昭和三十八年、『江分利満氏の優雅な生活』で第四十八回直木賞。平成七年（一九九五）、逝去。『人殺し』『血族』『家族《ファミリー》』「男性自身」シリーズなど。

草野心平

草野心平（くさの　しんぺい）
明治三十六年（一九〇三）、福島生まれ。慶應義塾普通部中退。中国広東の嶺南大学に学ぶ。帰国後、初の詩集『第百階級』（昭和三）を刊行。昭和十年、中原中也らと詩の同人誌「歴程」を創刊し、宮沢賢治評価の機運を高めるなどした。昭和六十二年、文化勲章。昭和六十三年（一九八八）、逝去。詩集に『絶景』『マンモスの牙』『定本蛙』など。

三島由紀夫

三島由紀夫（みしま　ゆきお）

大正十四年（一九二五）、東京四谷生まれ。本名、平岡公威《きみたけ》。東京大学法学部卒業。学習院在学中の昭和十六年、『花ざかりの森』を発表、その早熟の文才が注目された。大学卒業後、大蔵省に入るが、翌年退職して『仮面の告白』（昭和二十四）で本格的にデビュー。華麗な文体で問題作を次々に発表した。昭和四十五年（一九七〇）十一月二十五日、自衛隊市ヶ谷駐屯地東部方面総監室に乱入して、割腹自殺。『サド公爵夫人』『禁色』『金閣寺』『憂国』『豊饒の海』四部作など。

僕は、たまには人物のいない風景を撮りたくて風景写真もやっていますが、本命は、やはり人物写真です。それも、いつの間にか、男を撮る専門の写真家といわれるようになったんですが、本当は女も撮りたかったのに、自然にこういうめぐり合わせになりました。ほんの何かのきっかけから自分の運命というものが決まってくるんじゃないかと思いますが、男の写真を撮っていて、やっぱり、女と違って、いつも面白いと思うことがあるんです。

女の写真というのは、まず、誰でもきれいに撮らなきゃいけない。女流作家でも、女流画家でも、そうです。例外がない。芸術家であれば、少しぐらい顔がまずく写っても、自分の個性がよく出ていれば面白いと思ってくれるんじゃないかと考えるのは間違いで、どんな人でも、女の人はまずきれいに撮られることが先決問題なんです。

男だっていい男に撮られりゃうれしいに決まっていますが、それでもかなり遠慮会釈なしに撮れる強味がある。そこに面白さもあるんです。よく昔から「四十にして惑わず」といいますが、今では、四十じゃなくて、五十すぎでしょうが、五十すぎてひとかどの人物であれば、下町の職人であろうと、だれであろうと、そのなかでも一流といわれるほどの人は絶対にどこかいい顔をしてるんですね。箔がつくというのか、顔に年輪がつくといいますか。やっぱりその人の個性や偉さというものが皮膚にあらわれてくる。そういうもんだと思うのです。そこをぎゅっとつかめば、本当にいい写真になる。ああでもない、こうでもないって頭をひねって撮るよりも、一流の人物ならカメラをすうっとわからないようにスナップするように、音なしの構えで寄っていってパッとシャッターを切れば、絶対にいい写真になるんです。それほどにひとかどの人物っていうのは顔ができているんです。ところが、実に不思議なことに、三島由紀夫さんだけは、この「顔」のきまりが、あてはまらなかった。僕が撮ったなかで一番むずかしい顔の持ち主だったと思います。名声にまだ顔がついていかなかったといえばいいのか。そういうふうに感じたのは、三島由紀夫さんだけでしたね。

育ちがよくて、小さいときから非常な腺病質で、晩年、「楯の会」のような行動に走ってみたりしたけど、所詮、顔は、光源氏みたいな大臣《おとど》的なところがありました。写真家の細江英公君なんかは、また独特の見方で、「薔薇刑」などの面白い写真をつくりましたが、あれは演出によるもので、そのままズバリ撮れば、三島由紀夫の名声に匹敵するようなポートレートは撮りにくかったんじゃないかと思います。

僕と三島さんのおつき合いは、「小説のふるさと」というテーマで展開した雑誌の連載もので、三島さんの『潮騒』をとりあげ、伊勢と鳥羽と伊良湖崎のまんなか辺にある神島を取材したときからでした。

いつでしたか、銀座のさるバーで飲んでいる僕をさがして電話がかかってきました。さる編集部からで、「夜遅く一杯やっているところを悪いけど、頼むから今晩無理してくれないか。これまで撮った三島由紀夫の写真をあるだけ全部、今晩中に引き伸ばしてくれないか」という。助手も帰しているし、酔ってもいるし、大変なことになったと思いながら、なにか突発的な事件でも起こったのかもしれないと、急いで事務所へ帰って、ネガを出し、朝までかかって引き伸ばしました。

翌朝やってきた編集者は、興奮気味で、

「実は三島由紀夫がノーベル文学賞にノミネートされてる。ひょっとしたら、とるかもわからない。だから写真の準備を急いだんだよ。とれたら大変なことだから、ひとつ三島さんの知人として、引き伸ばしはお祝いと思ってくださいよ」と言うんですね。その話を聞くと、徹夜疲れなどどこへやら、ちょっと興奮しましたね。結局はノーベル文学賞はとれませんでしたが……。

律義なところのある人でしたね。約束して、何時にどこそこで会って写真を撮ろうというと、たいてい約束時間よりも先に早く来ていましたね。そして、よく人に会っていました。その近くまでいくと、大きな甲高い声が聞こえてきて、すぐ声でわかりましたよ。あいう優しいきゃしゃな体で、ああいう大きな声がなぜ出てくるのか不思議でしたが、自分の弱さを隠す一つのカムフラージュだったんじゃないかとも思いますね。

大きい声の男は丈夫だといいますが、けっして丈夫なせいの声ではなかったですね。あんなに弱々しい感じの男が、ある日突然、ボディービルをやりはじめて筋肉をつくり、剣道をやり、ボクシングをやった。自分の町の夏祭りになると、素っ裸になって飛び出していって、おみこしまでかついだ。自分の体を一つ大きく見せよう、丈夫に強く見せようという気持ちが非常に強かった人じゃないかと思いますね。そうした面が彼のすごい死に方につながっているのかどうか。あの体のなかに、自分の体に対するコンプレックスと背伸びとがあったんじゃないか。

三島さんは、僕の畏友、巌谷大四さんとの対談で、太宰治の死にふれて、こんなふうに言っているんですね。

「自分で自分の体を滅ぼすんじゃ、なんのための文学かわからない。文学というのは、どうしても生きる原理で、死の原理は別にあるんだと。僕は死の原理というのは斬り死にみたいなのが死の原理でね。僕は剣によって死ぬのはいいけど、文筆によって死ぬのはいやだという考えでね。筆の原理というものは、もう生きのびて、生きのびて、藤原定家みたいに、あらゆる屈辱をしのんで、言葉の世界を守る以外にないんですね。ある意味では非常に卑怯未練なものですよ」

ノーベル賞候補にもなったほどの天才的作家が、まさに「斬り死に」の死の原理を実証する最期をとげたのは、見事な暗示とも思うけれども、どうも本当のところはわかりにくい。文学のことはよくわかりませんが、もし背伸びしないですむような肉体を持っていたら、ああいう自決の最期も起きなかったんじゃないかという思いが僕にはあります。

椎名麟三

円満で、すべてに低姿勢な人だったから、こういうおとなしい人の内面にどうしてはげしい労働運動ができるほどの強さが秘められているのか不思議に思いましたね。

「小説のふるさと」というテーマで、ご一緒にふるさとの神戸や姫路に取材に出かけたことがありましたが、一番最初に撮ったのが、ご自分がかつて働いていた山陽電気鉄道の職場風景で、むかし車掌をやっていたらしく、車掌と一緒に写したりしましたが、そのときの表情がなんともいえず実に懐かしそうでした。むかし歩き回った渡し舟のある港や神戸の新開地をハンチング姿で歩くと非常に雰囲気が出てくる。ことに兵庫の製鋼所の煙突をバックにして歩いているような光景は、なにかソビエト映画のひとコマを連想させるようで、本当に椎名さんの風貌にふさわしい感じでした。

当時、椎名さんは田端に住んでおられ、お宅の書斎の居間で、傾いた小さな机をそのまま撮ったりした写真もありますが、表へ出てもらって、いまの新宿から千住の方へ行く電車の線路の上をトボトボと歩いていく姿を撮ったこともありました。その写真などは椎名さんに一番ふさわしい風景になったのではないかと思っています。

地味な背広にハンチングという労働者風の容姿がぴったりくるのは、ほかの作家にない一つのタイプの人だったと思います。

亡くなってからも、椎名さんのことを書いてくれとか、生前には、椎名さんからも、自分のことを本をつくるときに書いてくれと言われましたが、僕には文才もないし、あまりに強烈な印象がありすぎて書きにくくて、十回に一回ぐらいしか書かなかったような覚えがあります。しかし、本当に書ける人なら、椎名さんというのは、いくらでも書ける素材ではなかったでしょうか。

惜しい人でした。

椎名麟三（しいな　りんぞう）
明治四十四年（一九一一）、兵庫生まれ。本名、大坪昇。姫路中学中退。宇治川電気鉄道（現・山陽電気鉄道）の乗務員をしながら共産党活動をつづけ、二回逮捕される。昭和二十二年、『深夜の酒宴』を発表して脚光をあび、『深尾正治の手記』『重き流れのなかに』などで戦後派の中心作家として活躍。晩年はキリスト教作家に転身した。昭和四十八年（一九七三）、逝去。『永遠なる序章』『自由の彼方で』『懲役人の告発』など。

梅崎春生

いまの作家は時代がよくなったせいか、みんな立派な家に住んで、相当な作家になると、生活水準もほぼ平均化していますが、戦後まもなくの文士っていうのは、破滅型あり、アルコール中毒型あり、貯蓄型あり、情熱型ありで、もう個人個人で行動や暮らしがまるで違っていた面がありました。

梅崎春生さんなどは、そのなかでも特異なタイプの最たるものではなかったかと思います。これぐらいアル中型のひどい人もいなかったのではないでしょうか。おとなしい人で、はじめは、まともに飲みはじめるから、きょうはいいなと思っているうちに、だんだんおかしくなってきて、そのうち壮烈にからんでくる。そういう飲み方でしたね。

医者にも酒をとめられていて、肝臓が悪くて酒を飲んではいけない体でいながら、書斎の本棚の後ろの方に酒を隠したりしていました。酒屋に頼んでも持ってこないのに、どこかで酒をやりくりして、奥さんに内緒でひそかに飲んでいたんです。まさに苦心のやりくり酒。まったく異色の作家でしたね。とうとう肝臓を爆発させてぶっ倒れて死んでしまいました。本当に、酒に溺れて戦艦梅崎春生は轟沈してしまったようなものでした。

彼の代表作といわれる『桜島』を写真化しようというので鹿児島へ取材に行ったことがありました。その後、何十回となく桜島には行き来して、最近刊行した僕の写真集『西郷

隆盛』（昭和五十八年刊）でも、桜島を中心に撮りましたが、島の風景は変わって、戦争中の梅崎さんの時代とはすっかり違って観光地になってしまっていますが、訪れるたびに、それとなく梅崎さんの在りし日を思い出して一緒に飲んだ夜が頭の中に浮かんできます。どうしても忘れられない強烈な作家の一人ですね。

梅崎春生（うめざき　はるお）
大正四年（一九一五）、福岡生まれ。東京帝国大学国文科卒業。終戦の前年応召され、敗戦まで九州各地を転々とした体験を『桜島』に書いてデビュー。昭和二十九年、『ボロ家の春秋』で第三十二回直木賞。昭和四十年（一九六五）、逝去。『日の果て』『Sの背中』『ルネタの市民兵』『山名の場合』『狂ひ凧』『幻化』など。

武田泰淳

人物写真を撮る場合、とくに女の人は、子供からおばあちゃんまで、やはりきれいに撮るということが第一条件なんですね。一番きれいに撮れる角度がどこかということを見抜けば、もうその写真は撮れたと同じなんです。この人は笑ってきれいな人とか、喋っていてきれいな人とかね。目に自信のある人は、目を非常に細かくチャーミングに動かす。ちょっと口元の悪いような人は、かならず話しているときに口元にそっと手をもっていく。自然のうちに自分の欠点を隠そうとする。

男の場合も同じです。美醜にあまり関係はないけれども、その人のくせとか、どこをどういうふうに撮れば、一番その人らしさが出るかということを、やはり見抜くのが早ければ早いほど人物写真がうまいという一つの条件になるんです。

武田泰淳さんの場合は、たえず伏し目がちなんです。こちらがパッと顔を見ると、フッと顔をそらす。しゃべっていても、たえずタバコに火をつけて下の方ばかりを見ているふうな感じの人でした。だから写真もうつむいているところを撮ったんです。それが一番特徴があると思ったんです。この作家は、もの静かな人で、何事が起こっても、あまり顔に出さない人なんだなというふうに考えたわけです。

ところが実際には、武田さんの書かれるものは非常にシャープで、ときどき書かれる批評の炯眼は抜群のものだったということをあとでうかがって、まったく僕の見ていた面というのは上っ面だけを見ていたような感じがして、写真を撮るのにも、もう少し人物を観察するおつき合いが、ある程度は必要なんだなということをつくづく感じさせられましたね。

武田泰淳（たけだ　たいじゅん）
明治四十五年（一九一二）、東京本郷生まれ。幼名は覚《さとる》。父は住職で大学教授。東京帝国大学支那文科中退。在学中に竹内好らと中国文学研究会設立。昭和十二年応召になり、中国を転戦、昭和十四年除隊となった。昭和十八年、『司馬遷』を上梓、中国文学研究家として注目される。戦後、『才子佳人』『蝮《まむし》のすゑ』などで文壇に出、以後戦後派の代表となる。昭和五十一年（一九七六）、逝去。『貴族の階段』『風媒花』『ひかりごけ』『森と湖のまつり』『富士』など。

田村泰次郎

田村泰次郎さんとは、兄さんの田村正衛さんが僕らと同じ二科の写真仲間ということもあって急に親しみを覚えて、普通の作家とカメラマンではないつき合いが生まれたように思います。

なんといっても田村泰次郎の小説といえば、『肉体の門』が代表作で、戦後の解放された自由な世界に「肉体」という大胆なモチーフを投げかけて一躍流行作家になったんだから、たいしたものです。戦後の街の娼婦、パンパンという言葉ひとつをとってみても、それをはやらせたのは田村泰次郎の力によるところきわめて大であったと思いますね。

あるとき、田村さんと吉原の病院へ行ったことがあるんです。娼婦たちの性病検査の病院です。田村さんは娼婦たちの生態をあばいたから、さぞかし娼婦たちは立腹しているだろうと思ったら、逆にえらい人気で、女たちがゴロゴロふとんを敷いて枕を並べて寝ている真ん中にどかんと座り込んで話し出すと、女たちがニコニコ顔で田村さんを取り囲んで、実にモテるんですね。女たちも不思議なものだと思いましたが、そこへ乗り込んでいった田村さんも、やっぱり相当なものだと思いました。

田村さんはその後、過労がたたったのか、脳溢血か脳血栓で倒れ、作家活動は中断しましたが、もともと次男坊で、裕福でもあり、本も売れたので、ビルをつくったり、画商を

詩胆大於天
酒腸寛

やったりして、ずいぶん稼いだようです。丹羽文雄先生の跡を継ぐ作家とまわりから嘱目されていたんですが、文壇で伸びるよりは画商として過ごしたんですね。絵を見る目と経営才能が優れていたんじゃないでしょうか。

とても兄貴思いで、兄貴の正衛さんが銀座で個展をやれば、かならず真っ先にやって来て、パーティーをやれば、挨拶をしてくれた人に「兄貴をひとつよろしく頼みます」と、非常に低姿勢で挨拶をして回りましたね。

「うちの兄貴、だんだん年になるし、林君、まだ二科の会員には当分なれないかねえ」って言って、暗に売り込むふうな、そういう優しい兄弟愛のある人でした。

田村泰次郎（たむら　たいじろう）
明治四十四年（一九一一）、三重県四日市生まれ。早稲田大学仏文科卒業。武田麟太郎らの人民文庫グループの徳田秋声研究会に関わり検挙される。昭和十五年応召、中国を転戦して敗戦。復員後、矢継ぎ早に『肉体の悪魔』『肉体の門』を発表してブームを巻き起こす。昭和五十八年（一九八三）、逝去。『春婦伝』『失われた男』『蝗』『裸女のいる隊列』『ある香港人』など。

五味康祐

五味康祐さんは、一刀斎といわれたけれど、たしかに最後の文士といった風貌で、剣豪作家にふさわしい容姿をしていました。

とにかく、変わっていて、実に面白い存在だったと思います。

耳が遠いくせに今でいうオーディオファンというか、ステレオが大好きで、無類の名曲狂いなんです。練馬の彼の家へ行くと、もう五十メートルぐらい手前から、ワァーンと音が聞こえてくる。耳が遠いから、どうしても音が大きくなってしまうんですね。書斎のなかに機械をおいて、びっくりするほど大きくしながら聴いていました。

僕は撮影に何度か行きましたが、ある日、「林君、これから銀座へ行こう」と誘われて、いいでしょうとうなずくと、彼は、金田一耕助みたいなかっこうで、黒いインバネスをはおり、黒い帽子をかぶって、ゲタばきで、「僕が運転していくからね」。

ところが、無免許なんですよ。無免許のゲタばきで着物を着て運転されたんじゃ、こちらはたまったもんじゃない。これは命がけだと思いましたね。もう家を出るときから、車の両側を壁にぶつけて、ガチャガチャこすりながら出て行くんですから、ひどいものです。たしか雨が降っている日でした。スリップをおそれて、命からがら銀座にやっとたどり着いたときは、本当に胸をなでおろす気持ちでした。そのすごいかっこうで彼が数寄屋橋から銀座四丁目の辺を歩いているところを撮りましたが、すぐ「飲みに行こう」ということになりました。

あるクラブに行きましたが、当時ちょっと入っても十万円ぐらいかかる一番高いところでした。当時の十万円といえば、今の百万円に近いと思いますが、「きょうは俺がごちそうするんだから、いくら飲んでもいいよ」なんて言っているらしいんですが、なにを言っているかよくわからない。そのうち一生懸命に何かしゃべっているのを、よく聞いてみたら、僕がその頃麻雀を覚えたてだったから、麻雀必勝法、つまりインチキのやり方を教えてくれていたんです。聞くところによると、彼の麻雀は神技に近いということで、四人でやっていながら、テーブルには三人分しか並べていなくて、自分の牌は全部たもとに入れちゃって、たもとをガシャガシャさせながら、完全に盲牌で打って、たもとからポンと出して、「あがり」って言うと、ジャアッとさらけ出して、ドンぴしゃり、というぐらいの名人だったそうです。

その後、大阪から車で飛ばして帰る途中、大事故を起こして、しばらくの間、頭を丸坊主にしたり、ひげをそったりしていましたが、そのうちテレビがさかんになってくると、人相見をはじめました。

大阪の大丸あたりへ行くと、五味康祐の手相見が、最近までコンピューターに入っていて、お金を入れると、ガチャンと出てくる。とにかく五味康祐の手相見というのは相当のものだったんですね。しゃべり方も面白かったし、夜の酒場でもモテたものです。

その五味康祐の推薦で、あとを継いでテレビで手相や人相見をやっているのが大竹省二君なんですよ。大竹君は耳は遠くないけど、やっぱり相当な音キチですね。ウワァーンと、彼も五十メートル手前ぐらいから音が聞こえるぐらい音キチなんですよ。やっぱり似ているところがあるものだなと思います。

巌谷大四さんの本に面白いことが書いてありますよ。「吉行淳之介氏にいわせると、あれは女の手にさわりたいための、男として最低の口説きの手段にすぎない」って。どうでしょうかね。五味一刀斎に改めて訊いてみたいものです。

五味康祐（ごみ　やすすけ）
大正十年（一九二一）、大阪難波生まれ。通称康祐《こうすけ》。明治大学文芸科中退。昭和十九年応召。復員後、各種の職業を転々とし、上京して新潮社の校正をしながら小説を書きはじめる。昭和二十七年、『喪神』で第二十八回芥川賞を受賞し、出世作となった。『柳生連也斎』『柳生武芸帳』『二人の武蔵』などで昭和三十年代の剣豪小説ブームを柴田錬三郎らとつくり出す。オーディオ・マニアとして知られる。昭和五十五年（一九八〇）、逝去。『一刀斎は背番号6』『薄桜記』など。

檀一雄

僕は作家を何十年も撮ってきましたが、撮る人はやたらに撮るが、撮らない人になると、一回ポッキリ、それも五分か十分でパッパッと撮っておしまいというのが案外多いのです。檀一雄さんなどは、何度も何度も繰り返し撮った一人ではないかと思います。それだけに安心して、表向きじゃない顔もみせてくれました。

檀さんは都内の麹町に仕事場をもっていまして、訪ねて行きますと、ちっちゃなアパートの一部屋なんですが、入り口のドアの前に、お酒の一升瓶とビール瓶の空き瓶を箱に入れたのが山のように積んであって、ドアがなかなかあかないんです。やっとなかに入ると、何ひとつない。コタツ一つで、まわりの障子やふすまは全部ボロボロに破れていました。コタツにも火が入っていたかどうか。ご本人は進駐軍の兵隊の毛皮の飛行服を着て、ドーンと座っている。そして、「写真なんてどうでもいいじゃないの。飲もう飲もう」って、すぐお酒になりました。

そのお酒が変わっていましたね。

紙で巻いた裸電球がひとつ天井からぶらさがっていて、そこに輪ゴムがつないであって、何気なく見ると、その一番先に栓抜きがついているんです。息子の太郎君がまだその頃小学生だったでしょうか。「太郎ッ」って大声で呼ぶと、「ハーイ」ってビールを持ってくる。すると、その栓抜きをピュッと引っ張って、ポーンとビールの栓を抜くと、パッと手を放す。栓抜きが生物のようにピュッと元へ戻っていくんです。これはすごい新機軸をやるなあ、やっぱりかなり面白い男だぞと思って、それが強い印象に残っています。

檀さんが亡くなる四、五年前だったでしょうか、ある雑誌のグラビアの仕事で、「次に生まれ変わってきたら何になりたいか」という企画がありまして、遠藤周作さんは、たしか「八掛見になりたい」って言ったと覚えていますが、檀さんは「托鉢坊主になりたい。禅宗坊主になりたいよ」と言うんです。どこから見つけてきたのか、本当の托鉢坊主のかっこうをして、わらじをはいて、神田の古本屋街を歩きました。グジャグジャ、グジャグジャとお経だか何だか知らないけど、それらしきものを唱えながら歩くんです。僕なんかもはずかしいけど一緒についていって写真を撮ったんですが、檀さんは、自分の行きつけらしい古本屋の前に立って、精いっぱいお経をあげる。店のおやじさんは、まさか檀さんとは思わないから、この忙しいのにとか何とかブツブツこぼしながら、「お通りくださぁい」って、大きな声で奥の方からどなっている。檀さんは知らん顔です。どなられても、どなられても、グジャグジャお経をあげて逃げないものだから、とうとうおやじさんが「しょうがねえなあ」とそばへきて、笠の下からのぞいたら檀さんだったから、びっくりしちゃって、「檀先生も人が悪い」と、大笑いしたことがありました。

檀さんはしばらくポルトガルのナザレという海岸の漁師町の手前の部落に住んでいました。僕は撮影旅行の団体をつれて二度ばかりその前を通りましたが、とうとう寄れず残念な思いがしました。この先に檀さんがいる。檀さんの手料理でポルトガルの魚が食べたいなあと何度か思いました。ポルトガルの物価は安いし、ワインでも樽で買えるし、本当に日本の生活費の何十分の一かですみますから、檀さんとしては一番楽しかったのはポルトガルの暮らしではなかったかと想像しています。

檀さんは、九州では、いまだに大変な人気で、太宰治の桜桃忌が若い人の間で有名なように、檀さんの命日の夾竹桃忌も日がたつにつれて年々盛んになってきています。宮崎でも博多でも、毎年一回、檀さんを偲ぶ会があって、何百人と集まってきます。

檀さんの色紙が、どこの飲み屋にもありますね。それほど飲み歩いたんでしょう。その色紙の文句が、また実にうまい。字もとてもいい。いまだに人気が衰えないのは、檀一雄と太宰治じゃないでしょうか。

檀一雄（だん　かずお）
明治四十五年（一九一二）、山梨生まれ。東京帝国大学経済学部卒業。在学中から創作活動をはじめ、佐藤春夫に師事。日本浪曼派に参加。「夕張胡亭塾景観」で第二回芥川賞候補。昭和十二年、最初の創作集『花筐《はながたみ》』を出版。昭和二十六年、『長恨歌』と『真説石川五右衛門』で第二十四回直木賞。昭和五十一年（一九七六）、逝去。『リツ子・その愛』『火宅の人』など。

火野葦平

火野葦平さんは『糞尿譚』で芥川賞をとり、徐州作戦を書いた『麦と兵隊』は百二十万部も売れたそうで、一躍流行作家になりました。

よく九州の若松のお宅へ行きましたが、電話で、「行きますよ」と言うと、電報をすぐ打ってくるんですよ。僕の旅先にまで探して打ってくる。葦平さんの「電報文学」といわれましてね。やたらに長いかと思ったら、ごく短いのもありました。玉井組の親分で、百人近い沖仲仕をたえず養っていたから、自分の文学で書きまくらなきゃ生活費が出ない。年末になると、金が足りないので、いつも出版社に電報を打つ。その電報が前借り電報なんですが、「マル、段落アシヘイ」。ただ「マル」だけの電報も、よく来たそうです。若松の電報局の女の子が葦平電報文学っていうのをよく心得ていたらしい。

僕らにくるのは、やたらに長いのがきました。「ハヤクオイデ　オイデ　オイデ　ハヤクオイデ」とか、「イットキモハヤクオイデ　フグガマッテイルヨ」とかね。とにかく一行で足りるところを、ものすごく長い電報にして打ってくるんです。変わっていましたね。豪快無頼な親分肌のわりに神経がこまかく心のやさしい人でね。

葦平さんのお宅に泊まりますと、大広間に丸テーブルが五つ六つ置いてあって、その上にフグの刺し身の大皿がドーンと乗っている。僕と編集者の二人だけなのにと思って、

「いったい、葦平さん、何事があるんですか」ってきいたら、「いや、君たちが来たからだよ」。僕らは床の間を背に座らされて、さっそく飲みはじめる。やがて「九州文学」の連中を中心にした葦平一家の人たちがゾロゾロと挨拶もしないで入ってきて、気がつくといつの間にか満員になっているんです。

葦平さんの特技っていうのは、「喧嘩独楽の曲廻し」でした。旅先でも宴会の場でもよくやりました。興が乗ると、よく葦平さんの仲間の劉寒吉さんの解説つきで「豊後浄瑠璃・渡辺綱羅生門鬼退治」がつけ加わったものです。これはまさに絶品でした。座布団十数枚かさねあげて、その上にどっかと座って、長髪ふりみだして豊後弁でやられた。

「さあ、みんなで出かけよう」と葦平さんが立ち上がると、みんなどやどやと町に繰り出します。葦平さん名付けの店に、「川太郎」というのが若松にありまして、いかにも河童好きの葦平さんらしいと思いますが、その「川太郎」へ行って、入りきれないので道路まではみ出して、へべれけになるまで飲んで、帰る道すがら、税務署が近くなると、葦平さんが突然、「二列縦隊!」と号令をかける。さらに「前へ進めッ」「右向けえ、右!」とか何とか言って、税務署の前に整列させられるんです。そして、大声一番、「全員放尿!」。なんたって、前職が兵隊さんの玉井勝則軍曹だから気合が入っています。税務署の入り口に向かって全員におしっこをさせるんですよ。

それから全員が葦平邸へ引きあげるんですが、みんな葦平校歌みたいな歌をがなりながら町を練り歩いて帰るんです。それは「川太郎」の河童の歌なんですが、「転がせ、転がせ、ビール樽、ここの館に住むものは、世の常ならん川太郎」とか、そんな文句なんですよ。

そして、最後は、みんな大広間にゴロ寝です。朝起きてみると、何十人もの枕元に二日酔いの特効薬というわけでラムネが置いてある。奥さんがおかれたんでしょうが、たくさんの人を世話しているだけに、そういうめんどう見は実に行きとどいた人だったですね。ゆかた姿で、尻をはしょり、本当に下ばきが見えそうなままのかっこうで、薄っぺらな下駄をはいた葦平さんが、博多で一番高い有名バーのドアをたたいて、「おーい、オバンいるか。オバンはいるか」って言いながら店に入っていくと、ボーイがすっ飛んできて、「きょうはあいにく満員でございまして」。ヤクザが来たかと思って、断られちゃった。葦平さんはひと言、「ババァ呼べ！」。ママがびっくりして出てきたら葦平さんでしょう。「いや、これはたいへん失礼しました」って恐縮していました。葦平さんのおかげで、その後、僕はその店の顔になりまして、どんなかっこうして行ってもスイスイ入れるようになりました。

葦平さんはいつも、「若松ってとこはいいとこだろう」なんて言っていました。「俺は七十になったら、文学やめて、若松の市長になるんだよ」ともよく言っていました。若松に高塔山という山がありまして、そこに松明をつけて登っていく祭りは葦平さんが始めたんです。今でもその祭りは続いていて、山の中腹に葦平さんの『麦と兵隊』の一節が書かれた大きな碑があります。たしか、あの文句は、兵隊の背のうに菊が一輪さしてあったとかいう文句だったと思います。そういうやさしさのある人でしたね。

あるとき、台風がいよいよやってくるという予報で、これは大変なことになったと思いました。夜おそくなって、もう連絡船はなくなった。いまとちがって若戸大橋はなかったから、今夜中に徳山の僕の生家まで帰らないと、翌日からの瀬戸内海を撮る仕事に間に合わなくなる。

「じゃ、何とかして帰らせなきゃいけないな。台風がくると、いつ帰れるかわからないから、帰った方がいいだろう」と、葦平さんが若松から小倉まで船をチャーターしてくれました。それでやっと汽車に間に合って帰ったんですが、徳山駅に着いたら、僕の家は駅から二百メートルぐらいの近距離なのに、車がちゃんと迎えにきている。変だなと思ったら、葦平さんからおふくろに電話があって、「もうすぐ台風がくるだろうけど、林君は今帰ったからご安心下さい。家へ帰る途中で、屋根瓦が飛んできたり看板が飛んできたりすると危ないから車で迎えに行ってやってください」と言われたそうです。酔っ払っているのに、ちゃんと、そういうこまかい心づかいがありました。

晩年、家でライオンを飼っていましてね。ああいう猛獣は三年ぐらい経つと野性に返るそうですが、三年目になっても、ものすごくでかくなったライオンが葦平さんに甘えて、檻から出してもらって、じゃれるんです。僕らはこわくてたまらなかった。しかし、葦平さんが肉ばっかり食わしてかわいがりすぎて野菜不足になり、葦平さんが亡くなると間もなく、そのライオンもあとを追って殉死みたいに死んでしまいました。

葦平さんが亡くなられたのを僕はテレビで見て知ったんですが、そのとき、普通の死に方じゃないなという予感がありました。十三回忌ぐらいになって自殺だったことがわかったんですけど、実は亡くなる前に、葦平さんを囲んでいたごく親しい、いわゆる葦平一家のメンバーが、葦平さんがホスト役をやっていたNHKラジオの「朝の訪問」に、入れかわり立ちかわり連続的に出演させられたんです。たとえば九州文学の劉寒吉さんであるとか、『無法松の一生』を書いた岩下俊作さんとか、画家の向井潤吉さんとか、僕とか。とにかく僕まで引っ張り出されるというのは何だか変だなと思っていたんです。それがひと当たりすんだと思ったら急死された。なにか異常な感じがあったんですよ。とにかく、このぐらいつき合いの深かった作家は、僕としてはいなかったんです。

真冬の知床へ一緒に行ったときも、知床の最北端のソビエト国境に近いところから船をチャーターして、葦平さんは「ぎりぎりのところまで行こうじゃないか」と言って、領海ぎりぎりのとこまで行ったんです。そのとき、葦平さんはこう言いましたね。

「おい、むこうから監視船がこねえかな。来て捕まって、日本から作家と写真家二人が抑留されてシベリア送りになったなんていったら面白いから、やってみようじゃねえか」

冗談とも本気ともつかない話でした。何となくうす気味悪かったですね。目の奥には本気のものがキラっと光っていたような気がしました。

火野葦平（ひの　あしへい）
明治四十年（一九〇七）、福岡生まれ。本名、玉井勝則。早稲田大学英文科中退。炭沖仲士の組頭であった父に協力して家業に専念するが、応召となり、出征中の昭和十二年、『糞尿譚』で第六回芥川賞。『麦と兵隊』『土と兵隊』『花と兵隊』の兵隊三部作で朝日新聞文化賞などを受賞。昭和三十五年（一九六〇）、逝去。十数年後、自殺と公表される。『花と竜』『赤い国の旅人』『革命前後』など。

尾崎士郎

尾崎士郎（おざき　しろう）
明治三十一年（一八九八）、愛知生まれ。早稲田大学政治科中退。石橋湛山の好意で東洋経済新報社に勤め、のち堺利彦の売文社に入り、高畠素之の食客となる。一時、宇野千代と結婚。放浪の中で書いた『逃避行』『河鹿《かじか》』などが注目されたが、昭和八年から書きつがれた大長編『人生劇場』で作家的地位を確立する。昭和三十九年（一九六四）、逝去。『天皇機関説』『篝火《かがりび》』など。

尾崎士郎先生の代表作『人生劇場』は、ご自分の自伝的小説だったんでしょうね。本当に主人公の青成瓢吉をほうふつとさせる三河武士の面影を残した壮士のような文士でした。着流しでステッキをついてね、酒を飲んでこれほど豪快な人を知りません。酔えば浪花節をうなる。新内なんかも得意でした。新内なんて歌からして静かに語るのが本当でしょうが、先生はねじりはち巻きをして握りこぶしでおやりになった。そうして、ざるソバをサカナにぐいっと一気に飲む。豪快な飲みっぷりでした。お酒がだんだん回ってくると、真っ裸になっちゃって、ふんどし一つで横綱の土俵入りをやるんです。

先生は相撲がお好きで、晩年には横綱審議会のメンバーの一人でもありましたし、『雷電』という小説も書かれました。それが映画になって、主演したのが宇津井健なんです。宇津井健という人は、役者らしくない、派手さがない人で、尾崎先生に非常にひいきにされて、宇津井健後援会というのを俺たち仲間でつくってやろうじゃないかっていわれまして、僕らもその仲間に入れてもらったんですが、編集者や画家などが集まって銀座で年に一、二度やりましたか。名目は宇津井健後援会でも、その実、半分は尾崎士郎と飲む会でした。これは飲めや歌えのにぎやかな会で、四、五十人ほどいました。酔いがまわってくると、「人生劇場」の歌が大合唱になる。その歌詞が面白いんです。「時よ、時節よ、移ろとままよ」というのがありますが、つづけて、「尾崎の士郎は男じゃないか、俺も生きたや士郎のように、義理と人情のこの世界」とやるんです。そこのところだけ歌詞を変えて、それはもう大合唱になる。そういう尾崎先生というのは、本当に大正時代の壮士と文士とを一緒にしたような面がありました。

先生のふるさとは愛知県の三州・吉良の横須賀村ですが、ここは吉良上野介のふるさとだけに「忠臣蔵」は映画でも芝居でもいっさいだめなんですね。吉良上野介は誰かの手で悪人に仕立てあげられたけれど、土地の人にしては素晴らしい殿様だったらしい。その横須賀村へ先生がたまに帰られると、「尾崎士郎帰る」というわけで、花火がズドーン、ズドーンとあがる。

もともと三州・吉良というところは花火が名物で、今でも花火が伝統的に残っているんです。あそこの温泉場の、三谷温泉に行きますと、お座敷で花火をあげる。大広間の床の間の天井にブリキを張って、そこでズドーンと打ちあげ花火をやるんです。豪快なものです。これはやはり先生のふるさとだけのことはあると思いました。

先生は晩年まで青成瓢吉的な青春の覇気をずっとただよわせてこられたわけで、そんな作家は尾崎先生以外にはあまり見当たらない。やっぱり一方の大人物だったと思います。

吉屋信子

吉屋信子といえば、大衆小説の一方の大御所で、『良人の貞操』などで子女の紅涙をしぼった作品もずいぶんありました。

あの前髪をさげた断髪のオカッパの独特のヘアスタイルを打ち出されたのはすごいことでしたね。戦後は石原慎太郎の慎太郎刈りというのもはやりましたが、ヘアスタイル一つで、すぐに吉屋先生とわかるファッションをつくり出したというのは、大変なことだったと思います。オカッパで、なんとなく遠目にはかわいいけれど、そばへ寄ると、ちょっとこわい厳しさのある顔でした。声はまったくキンキン声なんですね。風貌とはあわない声でした。

ずいぶん親切にこちらの注文をよくきいていただきました。鎌倉にお住まいだったから、お宅の庭で撮ったり、書斎で撮ったりしましたが、大仏の前へ行くと、「大仏さんが美男子でおわすから、私がますますまずく見えるわね」なんて言われて、山本周五郎さんと同じようにロングで撮ったんですよ。

宇野千代（左）と

吉屋信子（よしや　のぶこ）
明治二十九年（一八九六）、新潟生まれ。栃木高等女学校卒業。在学中に『花物語』などの少女小説で人気作家となるが、のち大人の小説を志し、代用教員時代の大正九年、大阪朝日新聞の懸賞小説に『地の果まで』が一等入選、翌年の『海の極みまで』などで文壇に登場。『女の友情』『良人《おっと》の貞操』で話題をさらった。昭和四十八年（一九七三）、逝去。『鬼火』『徳川の夫人たち』『女人平家』など。

林房雄

林芙美子さんとか林房雄さんとかは、同姓のせいか、親しみがわきます。

林房雄先生には鎌倉のお宅に、写真の仕事だけではなくて酒でよばれて行ったりして、ずいぶんお世話になったものです。

先生は非常に変わっていまして、立派な家がありながら、梯子をかけて屋根瓦をつたって窓から書斎に入るんです。屋根裏の戸袋みたいなのを開けると、そこが狭い部屋になっていまして、そこで仕事をされていました。長い獄中生活みたいな苦労があったから、そういう経験からだろうかと想像したりしました。絵描きでも、東郷青児さんなんて人は、立派なアトリエをもっていながら、小さい作品を描くときは、やっぱり屋根裏で描いていたんです。立てないような、座り込まなきゃ描けないようなせまい空間のなかで描くんですね。やっぱりパリの屋根裏生活とか、獄中の暮らしみたいなものの経験から、仕事をするのにぴったりの場所や雰囲気を選ばれるんじゃないでしょうか。

林先生のお酒も非常に豪快な飲み方でしたね。ネコを膝の上において、小唄や端唄を三味線の弾き語りでやられる。ときにはネコの足を持って調子を合わせて踊らせたりして愉快なところがありました。

昭和二十四、五年ごろだったでしょうか。いちど三笠宮が林家に見えられ、たまたま僕

真杉静枝と

が写真を撮りに行って同席させていただいたことがありました。さすがに宮様で、きちんとされていて、僕が片手でビールのグラスを受けると、宮様の方はちゃんと両手で持ってつがれる。その宮様が林家の雰囲気に酔っ払われたような感じで、笛を吹かれたり、浪花節をうなられたりされた。先生は、そういう雲上人まで非常に愉快にさせる、なにか一つの雰囲気を持っていましたね。

林房雄（はやし　ふさお）
明治三十六年（一九〇三）、大分生まれ。本名、後藤寿夫《としお》。東京帝国大学法学部中退。在学中は新人会で活動、プロレタリア文学作家として出発。共産党シンパとして検挙、くりかえし逮捕されるなどし、昭和十一年、転向。戦後は『大東亜戦争肯定論』で論議を呼んだ。昭和五十年（一九七五）、逝去。『林檎』『繭』『息子の青春』『失はれた都』など。

平林たい子

かつて共産党員であったり、アナキストといわれた人たちは、貧乏な育ちではないのが多いですね。昔の庄屋であったり、地方の豪族の家に生まれた人たちが多いのは、どういうわけでしょうかね。

平林さんも、諏訪の没落地主の三女に生まれたそうです。没落は没落でも、やっぱり地主は地主で、それが非常に過激な思想の持ち主になって、アナキストのグループに入っていった。宮本百合子さんには、本当にお嬢さんタイプのイメージがありましたが、平林さんは、おばあちゃん、おばあちゃんした感じで、雑貨屋とか駄菓子屋のおかみさんになっても似合うし、工場で働いてもよく似合うように見えました。

関東大震災のときに挙げられ、東京を追われて、満州、朝鮮を放浪して、ずいぶん苦労をされた。

お宅へ伺ったのは、戦後すぐの頃でした。どこからかガラクタをかき集めてきたような台所で、机は傾き、食器棚もミカン箱を重ねたような感じでした。そこで一人でお茶漬けを食べておられるのは長屋のおばさんのような感じでしたね。

ところが、陽の当たる廊下の反対側には、当時としては見たこともないような見事な熱帯魚の水槽がずらりと並んでいました。奇妙な趣味をもっている人だなとびっくりしました。お相撲の取的が結ぶような髪を結って、平林さんが、熱帯魚に餌をやりながら、「林さん、この魚、面白いのよ。強烈にキッスするのよ」なんて言われると、なんだか変な感じがしましたね。これほど会ったイメージが大違いの感じの人も少なかったのではないかと思います。やはり大変な情熱を秘めた人だったのでしょうね。

平林たい子（ひらばやし　たいこ）
明治三十八年（一九〇五）、長野生まれ。本名、タイ。県立諏訪高等女学校卒業。社会主義やアナキストのグループに接近したが、関東大震災のとき検挙され、朝鮮や満洲を放浪。外地で出産直後に失った女児を悼む『施療室にて』でプロレタリア文学の有力な新人に。戦後は『かういふ女』『私は生きる』など、戦中の抵抗と闘病に取材した自伝的作品で注目された。昭和四十七年（一九七二）、逝去。

尾崎一雄

東京でお会いするときは、パーティーとか、たくさんの人のなかでお見かけしましたが、仕事のときは、たいていご自分の故郷の神奈川・足柄の下曽我村のお宅でした。下曽我は、曽我兄弟に関係があったかどうか知りませんが、山の斜面にある大変に静かな部落で、作家生活にふさわしいたたずまいでした。尾崎先生は碁が好きで、日本棋院にたのまれて観戦記などでも書いておられましたが、よく書斎の前の廊下に碁盤をもち出して一人で棋譜を見ながら勉強されていました。

しみじみとくる私小説が多くて、芥川賞など多くの賞をとられていて、小説には奥さんも登場されていますが、その奥さんがたえず先生の後ろに物静かにご一緒されていた。その印象が強くて、碁のときだけは一人で撮りましたが、あとはほとんどといっていいほどお二人のかみ合わせで撮った写真が多かったように思います。

近所に太宰治の愛人だった太田静子さんが赤ん坊を育てながら住んでいて、尾崎先生はずいぶん面倒をみておられたようでした。

尾崎一雄（おざき　かずお）
明治三十二年（一八九九）、三重県伊勢生まれ。早稲田大学国文科卒業。志賀直哉に師事し、昭和十二年、『暢気《のんき》眼鏡』で第五回芥川賞。ユーモアをたたえた緩やかな文体で戦後を代表する私小説・心境小説の作家に。昭和五十三年、文化勲章。昭和五十八年（一九八三）、逝去。『虫のいろいろ』『まぼろしの記』『あの日この日』など。

松枝夫人と

上林暁

小林梅さんと

高知へ行って、「酒は召しあがりますか」ってきかれて、「いくらか飲みます」なんて言ったら大変なんです。本当にもうめちゃくちゃに勧められて、つぶされる。そういう土地柄ですが、上林暁さんや漫画家の横山さん兄弟も、みるからにその飲み方が高知の出身ですね。とくに上林さんは造り酒屋の息子だったそうで、酒で産湯をつかったようなもので、生涯、酒から離れられなかった人ですね。

僕もずいぶん浅草などで一緒に飲み歩いたりしましたが、この人のは、ちょっとすさまじい飲み方でした。仕事のスランプの時期には荒れたこともよく聞いていましたが、まったく前後不覚になったり、泣きわめいてみたり、そういう激しいところがありました。そうした自分の生き方みたいなものがそのまま小説になって出てくるんですね。ともかく私小説作家を代表する一人だったでしょう。

いま新宿で、まだ元気で飲み屋をやっている「みちくさ」の小林梅さんの店などに、いまだに中央線の作家たちや編集者が出入りしているのも、上林さんなどのおかげではないかと思いますね。

小林梅さんの家で、上林さんを撮った写真などは、上林さんが一番ごきげんな時代でした。

その後、脳溢血で二回ばかり倒れて、いつも「もうだめだ」と言われながら奇跡的にたすかって、口述で原稿を仕上げたり、本当に生涯、酒と仕事と競争するようなすさまじい

暮らしを続けられた。

　いまだに忘れられない浅草の夜の思い出があります。いかにも上林さん好みのあの店は実にすばらしかった。よく酒屋のカウンターで飲ます家がありますが、それをちょっと大きくしたようなつくりの素晴らしい家で、いい酒を置いていて、気分よく飲ましてくれる。そこでも上林さんは大変な顔で、親父さんは上林さんが行くと大喜びでした。

上林暁（かんばやし　あかつき）
明治三十五年（一九〇二）、高知生まれ。本名、徳広巌《いわ》城《き》。東京帝国大学英文科卒業。改造社に入社、勤務先をはばかってペンネームで書いた「薔薇盗人」が川端康成に認められる。『聖ヨハネ病院にて』などで病気の妻を描き、評判となった。昭和五十五年（一九八〇）、逝去。『ちちははの記』『白い屋形船』など。

外村繁

外村繁さんは、ひと言で言って、たいへんな奇人でしたね。それだけに撮っていて興奮させられた人だったと思います。

終戦直後の頃でした。中央線の阿佐ケ谷駅付近に住んでいましたが、訪ねていって、ノックをしても、いくら声をかけても全然返事がないんです。部屋のなかは電気もつけず真っ暗なんです。しかし、よく耳をすましてみると、なんか人がうごめいているような気配がする。たしかに誰かいるなということがわかったから、大声でしつこく呼びつづけたら、やっとゴソゴソ人が動いて出てきた。出てきてくれたのはいいが、ひと言も口をきかない。「部屋にどうぞ」って言っているらしいから、ついてあがったら、寒いのに火鉢のなかには炭もなかった。それなのに、火鉢に手をついて、ブルブルふるえているんです。本当に寒くてふるえていたのか、今にして思えば、アルコール中毒でふるえていたのか、わかりませんが……。

ブルブルふるえながら、「ちょっと表へ出よう」といったふうに言われているらしいから、まだ少し明るいうちでしたが、お供をして、阿佐ケ谷駅前の屋台に飛び込んだんです。しょっちゅうその店へ現れるらしく、おやじさんは心得たもので、コップになみなみとカストリ焼酎をついでパッと出した。外村さん、キューーッと一気に飲んでね。実に不思議なことに、そのコップを置くか置かないうちに、あれほどふるえて口もきけなかったのが一ぺんにシャンとしました。ベラベラしゃべり出したんですね。アル中とはこういうものかとびっくりしました。
一、二杯つづけざまに飲んで、外村さんはご機嫌になられて、「これで人心地がつきました。わざわざ来てもらってありがとう。どこで撮りますか。何でもいうことをききますよ」って言われる。駅前だから、「じゃ、駅の改札口で撮りましょう」と言うと、「何べんでも出たり入ったりしますよ」。
それで、この写真が撮れたんです。今は駅舎もずいぶん変わって、こんな時代があったのかと驚くほどの貴重な写真になりました。

僕の友人の巌谷大四さんは、外村さんの思い出をこんなふうに話しています。

「外村さんは、本当に酒を愛した。純情可憐な酒飲みで、面白い隠し芸があった。へこんだ自分のほっぺたを一層へこませて、そこを手のひらでたたいて、鼓のようなポンポンといい音色を出した。それをポンポンたたき、謡を入れて舞うんです。低く腹の底から出るような荘厳な声で謡をやりました」

その通りで、まったく純情無垢な人だったと思います。

外村繁（とのむら　しげる）
明治三十五年（一九〇二）、滋賀生まれ。本名、茂。東京帝国大学経済学部卒業。梶井基次郎らと「青空」を創刊。代々江州《ごうしゅう》商人の旧家で、家業を継ぐも世界不況から不調、あとを弟に任せて文筆生活へ。生家の歴史を綴った第一回芥川賞候補作『草筏《くさいかだ》』を発表。昭和三十六年（一九六一）、逝去。『澪標《みおつくし》』など。

壺井栄

壺井先生の原作で「二十四の瞳」という映画は、木下恵介監督作品で、たいへんな評判になりましたが、僕も一度、先生のお供をして、その舞台になった先生の生まれ故郷の小豆島へ行ったことがあるんです。

もう先生の晩年でしたが、まだ島には、小学校時代からの親友がいたり、女学校時代の友だちがいたりして、その人たちに会うのを楽しみにしておられました。

船着き場で会ったとき、もう六十歳近い人が、久濶を叙するにしては、まるで女学生が抱きつくようなはしゃぎ方で、本当にこの人は心のやさしい温かい人だと思いました。

お宅でも、洗濯板でジャブジャブやられ、洗濯ものをタスキがけで干しておられるような家庭的なところがまことにぴったりして、とても作家とは思えないような親しみを覚える人で、ちょっと工場の係長あたりの奥さんといった感じのする人でしたね。

壺井栄（つぼい　さかえ）
明治三十三年（一九〇〇）、香川県小豆島生まれ。内海高等小学校卒業。上京して同郷の壺井繁治と結婚。夫の左翼運動を手伝いながら作品を書きはじめ、宮本百合子、佐多稲子らと交友が深まる。戦後、反戦を訴えた『二十四の瞳《ひとみ》』が映画化され話題を呼んだ。昭和四十二年（一九六七）、逝去。『暦《こよみ》』『柿の木のある家』『風』など。

坪田譲治

童話ばっかり書き続けて芸術院会員になられた人というのは、坪田先生のほかにはあまりおられないでしょう。かつての童話の大家巌谷小波以後は、坪田譲治先生が本当の意味で童話界の長老だったといってもいいのではないでしょうか。僕らは子供の頃から先生の『風の中の子供』などを愛読したものでした。

お会いしても、作家とかいった感じではなくて、なにか田舎の村のおじさん的なムードがありました。生まれは岡山でしたが、なんとなく東北的な雰囲気がする人で、親しみのわく方でした。

広場に子供たちを集めて話をされている姿をスナップしたんですが、本当に子供の世界に溶け込んでいかれる。子供からも慕われて、実に好々爺の感じでした。カメラなんかまったく眼中になくて、子供と話をするのに夢中になっているんです。やはり童話に生きてきた人だなあとつくづく思いました。実に庶民的な人でした。

坪田譲治（つぼた　じょうじ）
明治二十三年（一八九〇）、岡山生まれ。早稲田大学英文科卒業。最初の小説集『正太の馬』が認められ、鈴木三《み》重《え》吉《きち》主宰「赤い鳥」に「河童の話」などの童話を発表。昭和十年、『お化けの世界』が好評を博して作家的地位を確立。昭和五十七年（一九八二）、逝去。『風の中の子供』『子供の四季』『鶴の恩がへし』『狐狩り』など。

林芙美子

僕は瀬戸内の生まれだから、特に海が好きだということもありますが、尾道は瀬戸内でも好きな町で、なにかというと尾道につい足が向く。尾道の路地を歩き、千光寺という名刹のある山に登って、小さな路地づたいに海岸まで下りてくる道をたどるとき、本当に尾道ならではのすばらしい風景に感動してしまいます。町の匂いからして、ほかの町にない魚臭いような油臭いような匂いで、物売りの声にしても、ちょっと尾道独特のものがあるんですね。その山の手の方に林芙美子さんがいたという二階建ての家があり、志賀直哉先生が『暗夜行路』を書かれた部屋もあって、尾道は非常に魅力のある町なんです。

僕は尾道へ行くたびに、『放浪記』に書かれている時代の林さんの家を見たりすると、しみじみと芙美子さんが偲ばれて、長い間おつき合いしていただいただけに、「ここに住んでたのかあ」という懐かしいような感じがつきあげてくるんです。

女流作家もずいぶん撮りましたが、なかでも林芙美子さんが最も数多く撮らしてもらった人じゃないかと思います。同姓の縁《よしみ》もあり、生まれも同じ山口県で、なんとなく親しみを感じていました。

でも、つき合っているうちに、これくらいわがままな人もいないと思いました。言いかえれば、いい意味で芯の強い人でしたね。

escudero

たゝみ
田庭酒店

東京・落合にすばらしい和風の邸宅を構えておられました。竹の庭があって、その庭を敷石づたいに行くと、一番奥にアトリエがあった。女手一つで、よくまあこれだけの立派な家をといつも思ったものですが、長い間、通っているうちに、林芙美子さんの強さというのがだんだんわかってきました。

はじめて編集者が訪ねていくと、玄関で立ち話なんですね。編集者は立ったままで、林さんは座ってね。「何しに来たの。今、とても忙しくてだめよ」って言って、ほとんど断っていました。何度か行くうちに親しくなってくると、こんどは玄関先でお茶とお菓子が出る。その次の段階になると、こんどは応接間に通されて、原稿ができあがるまでゆっくり待たせてもらえる。書斎には、よほど親しくて信頼されている人でなければ入れなかったと思います。ことに裏のアトリエなんて内緒のアトリエでしたから、そこまで入り込めるっていうのは、やはり相当なおつき合いの人だったでしょうね。僕は幸いカメラをぶら下げてそこまで入らせてもらった一人でしたが……。そういう非常に厳しい面のある人でしたね。

僕はよく旅行にも一緒に行きました。たまたま大阪へ行ったときは着物姿でしたが、道頓堀の角座の前とか、千日前や法善寺横丁にかけての、あの大阪らしい、非常にザワザワしたなかに入っていくと、いつの間にか難波《なにわ》のおばさんみたいな感じになって、驚くほど雰囲気がぴったりする。ああ、やっぱり、『放浪記』ってものを書かれた人というのは、こういう雰囲気に入れば、また、そのときを思い起こさせる何かを持っているんだなあと思いました。

ところが、また、東京の銀座へ出ると、ベレー帽をかぶって、颯爽としてまして、ちゃんと溶け込んでいる。そういうような、パッパッと切りかえができる人だったんじゃないかと思います。

ある雑誌の座談会の写真を撮ったときのことでした。

どこの料亭だったか、二階の部屋でしたが、林芙美子さんは遅れてみえましたが、階段を四つんばいになってはってあがるんですよ。「いったい、どうなさったんですか」って訊いたら、「いや、近頃胸が苦しくてねえ、階段あがるのがやっとなのよ」。

「そりゃ、いけませんね」なんて言って、写真を撮りはじめましたら、その当時は、今のストロボとちがって、フラッシュバルブですから、粗悪品が多かったので、運悪く、全部が全部爆発しちゃった。ちょうど林芙美子さんの頭の上から前の対談の相手の人を撮ろうと思って、シャッターを切るたびに次々と十二個すべてが爆発して、林さんのパーマの頭の中にガラスの破片がこなごなになって、もう吸い取られるように入ってしまったんですよ。髪はキラキラしちゃうし、料理の上にもみじんに散らばってしまうし、めちゃめちゃになった。写真を撮りに行ったのか、対談をぶちこわしに行ったのか、謝りに行ったのか、もうカアーッとなって、ひどい目にあったことがありました。林さんはべつに怒らないで、

「しょうがないわね」って言ってすませてくれましたが、それから間もなく亡くなられたので、心臓病で苦しんでいたのに、あのフラッシュバルブの爆発のショックが、ますます死期を早めたのではないかと思ったりすると、しばらく心が痛みました。いまだに、フラッシュバルブをときどき見ると、あの時のことが思い出されて申しわけない感じがするんです。

林芙美子（はやし　ふみこ）
明治三十六年（一九〇三）、山口県下関生まれ。本名、フミコ。尾道市立高等女学校卒業。露店商、女工、女中など職業を転々としながら創作に打ち込む。アナーキスト詩人らとの交流に刺激され、自伝的小説『放浪記』を発表、一躍流行作家になる。昭和二十六年（一九五一）、逝去。『晩菊』『浮雲』『めし』など。

中山義秀

いかにも会津の野武士のような風貌でした。僕は中山先生なんて言ったことはありませんでした。義秀先生、義秀先生って言って親しくさせていただきましたが、それは、一つには、息子さんが僕らの仲間だった気安さがどこかにあったからでしょう。

先生とはお酒の上のおつき合いが多く、しょっちゅう一緒に飲ましてもらったり、お宅へ行ってごちそうになったりしました。

義秀先生が一番ぴったり似合うのは、漢詩の書籍をひもといたり、書斎で佩刀《はいとう》をヤッと抜いて、それを愛玩しているようなときの姿で、ついつい写真も、そんなところを撮っていますね。

晩年になって、若い奥さんをもらわれた。北鎌倉の駅で写っているのは、その奥さんですが、義秀先生、ものすごく若返っちゃって、その頃は絶えず奥さんと一緒に歩いていました。人生の最後の楽しさみたいなものを存分に味わっておられたんじゃないかと思います。幸せそうでした。普通なら、そういう姿は撮らしてもらえないと思いますが、長い間一緒につき合ったおかげじゃないかと思いますね。

写真っていうのは、あんまり相手を知りすぎても逆に撮りにくくなるし、「ああ、いつでも撮れる」という安易な感じにもなる。むしろ初対面で撮るときは、非常に緊張して、

澄子夫人と

張りきって撮るし、そういうときに、思いがけない写真ができたり、傑作ができたりするものです。おつき合いも、義秀先生あたりまでなら、なかなかいい写真が撮れたように思いますが、それ以上の深いつき合いになってくると、逆にむずかしくなりましたね。風景写真なんかでもそうでしょう。なれすぎるといけません。

中山義秀（なかやま　ぎしゅう）
明治三十三年（一九〇〇）、福島生まれ。本名、議秀。早稲田大学英文科卒業。在学中に横光利一と知り合う。中学の英語教師をしながら創作活動をするが、昭和八年退職。妻の死や生活苦に追いつめられたのち、昭和十三年、『厚物咲《あつものざき》』が第七回芥川賞。昭和四十四年（一九六九）、逝去。『碑』『テニヤンの末日』『咲庵《しょうあん》』『芭蕉庵桃青《とうせい》』など。

石川達三

石川達三先生はペンクラブの会長までやられたが、なんとなく人づき合いが悪くて、いろいろ陰口をいわれていました。僕はわりあいに若い頃からかわいがってもらって、そんなふうには思わなかったんですが、でも、そういう一面はたしかにありました。

あるとき、銀座の寿司屋へ行って、負けた方がビールをおごる約束でダイスの賭けをやったことがありました。僕がめちゃくちゃに勝っちゃったんですが、とうとう先生は貧乏人の僕に一文も払おうとしなかった。飲み代も一切払ってくれなかったことを覚えています。

仕事のつき合いでは、第一回の芥川賞をとられたブラジル移民の『蒼氓』を写真化しようというので、「小説のふるさと」というテーマで、移民が出ていった神戸の旧収容所から撮りはじめ、実際に神戸から僕も横浜まで移民船に乗って取材しました。

田宮虎彦先生に『足摺岬』という代表作がありますが、あの作品の舞台を取材に行ったときも、一応小説を読んで行ったんですが、先生は「僕はまだ足摺岬に行ったことがないんですよ」と言われていたから、小説に書かれたものと実際とではどういうふうに違うかなという興味がありましたが、現地を歩いてみると、まったく行ったこともない人が、もう知り尽くしたように書いてあるのに驚きましたね。ただ小説の方が距離感が少し詰まっているようでしたが。作家というのは、大変に鋭いものだと思いました。

石川先生の『蒼氓』にしても、先生は実際にブラジルへ行かれたそうで、その体験が生かされているとはいっても、そのリアルな状況描写の力には、ほとほと感心しました。あのファイトというか、たくましさというか、腕っぷしも太くて、その腕が毛むくじゃらでね。作家というより講道館の師範みたいな柔道家の風貌の人が、あっけなく早く亡くなられるとは思いませんでした。

常識人のようでしたが、たいへんな皮肉屋のような感じもありました。

友人の巌谷大四さんが書いているけれど、彼に石川先生はこう言ったそうです。「君、便利なものは不便だね。飛行機なんて速くて便利だけど、途中で降りたくなっても好きなところへ降りられない。不便なものだね」

当たり前のことが、気になる人なんだと思います。

小説のタイトルなんか、実にうまかったですね。『望みなきに非ず』『四十八歳の抵抗』『青春の蹉跌』と、数々の流行語にさえなりましたからね。

石川達三（いしかわ　たつぞう）
明治三十八年（一九〇五）、秋田県横手生まれ。早稲田大学英文科中退。昭和十年、ブラジル渡航体験を描いた『蒼氓《そうぼう》』で第一回芥川賞。戦時中、特派員として書いた『生きてゐる兵隊』が発禁処分を受けた。ゴルフの名手として知られる。日本ペンクラブ会長など。昭和六十年（一九八五）、逝去。『風にそよぐ葦』『人間の壁』『金環蝕』など。

舟橋聖一

舟橋聖一さんの文章はものすごいという評判をよく聞かされていました。

伊豆の修善寺の、ある有名な旅館の一番奥のいい部屋で舟橋さんは『芸者小夏』を書いていたんですが、環境描写が本当によくできていましたね。

たしか『雪夫人絵図』のころ、先生や編集者と一緒に旅行したことがありましたが、昼間は知らん顔していて非常にノーブルな雪夫人が、夜になると白蛇のようになって欄間を這って男のところへ行く描写があるでしょう。それが一緒に旅をすると、実によくわかるんです。ああいう描写っていうのは、舟橋文学の一番の特徴だったと思うんですね。

あとで同行した編集者の話をききますと、舟橋さんは、どこの部屋にどんなアベックが入っているかっていうのをちゃんと調べているんです。それで、夜になると、廊下をスウッと歩いたり、庭から出ていって、暗闇のなかに隠れてこっそり聞いてみたりするんです。仕事以外の興味からだったのか、たぶん仕事の上の一つの習性ではなかったかと思いますが、そういうところがありました。そんな〝聞き趣味〟が生かされて、『芸者小夏』になったり、『雪夫人絵図』の生々しい描写になってきているんじゃないかと思うんですね。

文春祭りで舞台に出ると、舟橋さんはよくおやまになりたがったそうです。ほかの作家たちはお白粉を落として銀座のバーなどへお礼参りに行きますが、舟橋さんは故意かどう

か、お白粉を襟足あたりにつけたまま、いまちょっと舞台からハネて出てきたというような見せ方をする一面がありました。そういうのも、いかにも舟橋さんらしいなというふうに思いましたね。

僕は舟橋さんと競馬場にも一緒に行ったことがあるんです。舟橋さんは自分の馬を持っていまして、その馬が走っているときの興奮した姿というものは、まさに地の顔というのでしょうかね。めったに人に見せない、いい顔をしていました。ふだんはクソ面白くもないような、ツンととりすまして、返事したら損だっていうような顔をしていましたが、そういうときには、本人がまる出しで出てきているような、本物の顔というのでしょうか、気どりのない顔を競馬場ではじめて見たような気がしました。

舟橋聖一（ふなはし　せいいち）
明治三十七年（一九〇四）、東京本所生まれ。東京帝国大学国文科卒業。在学中に阿部知二らと「朱門」を創刊。同誌に発表した戯曲『痼疾者《こしつしゃ》』が新橋演舞場で上演され、認められた。相撲通でも知られる。昭和五十一年（一九七六）、逝去。『木石《ぼくせき》』『悉皆屋康吉《しっかいやこうきち》』『雪夫人絵図』『芸者小夏』『ある女の遠景』『花の生涯』など。

伊藤整

伊藤整さんは一見、非常におとなしそうで控え目な紳士の感じでしたが、実際には、チャタレイ裁判であれだけ粘りに粘って開き直るところもあったし、ペンクラブでも副会長として非常な活躍をされている。九州人とは違って、北海道の人らしく、見かけと実際の行動とが全く違った感じで、ちょっとわからないところがありました。

晩年、チャタレイ裁判の頃でしたか、東京の武蔵野の方に住んでおられて、ヤギを飼っていました。そこで、チャンチャンコを着てヤギをつれたところを撮りましたが、実際には大変なモダンボーイなんですね。背広がよく似合いました。派手なチョッキなんかも似合うような感じの人でしたね。

いちど「小説のふるさと」というテーマでお供して、小樽へ二、三日の取材旅行をしました。母校の小樽高商へ行ったときなど、いかにも教授タイプに似合っていて、そういうところの教鞭をとられれば一番ぴったりする人だと思いました。

いろんなところに案内してもらいました。「小林多喜二が下宿していた家は、ここですよ」と、角の二階屋を指さしたり、小樽のメインストリートのど真ん中を汽車が横切るのを、すかさず「林さん、これ撮れば面白い」とか言われて、実に気さくなんです。そういう風景は、たしかに小樽ならではの風景で、たしかに面白い。望遠レンズで引っぱって撮りましたね。

あるとき、巌谷大四さんが雑誌の新年号で対談したとき、「ことしは何をされますか。

抱負をきかせてください」と言ったら、「僕の最大の希望はがんにならないことです」と答えられたそうですが、まもなくがんになって、それが亡くなる原因になった。なにかうら悲しい人ですね。

ふだんは洒落などは言わない人でしたが、飲むとニヤッと笑って、わりにくだけた感じにもなられました。

伊藤整（いとう　せい）
明治三十八年（一九〇五）、北海道生まれ。本名、整《ひとし》。東京商科大学中退。詩作から出発し、『感情細胞の断面』（昭和五）が川端康成に評価される。ジョイスやプルーストを翻訳し、評論家としても活躍した。D・H・ロレンスの翻訳をめぐる「チャタレイ裁判」の被告になる。昭和四十四年（一九六九）、逝去。『鳴海《なるみ》仙吉』『小説の方法』『女性に関する十二章』『日本文壇史』など。

野上弥生子

成城学園のお宅は、樹に囲まれた静かな雰囲気のなかにあって、黒を基調にしたような物静かな部屋でした。ただ時計の音だけが何となく時を刻んでいるような物音一つしない静寂のなかで静かに話をされる野上さんというのは、その当時八十何歳かでしたが、おそらく若い頃から、こうした静かな暮らしを続けてこられたのではないかと思いました。

百歳近い長命で亡くなられましたが、それまで仕事一途に続けてこられて、耳も目も達者だった。目はかすかに悪かったようだけれど、耳は補聴器も必要ないほどで、かくしゃくとされていた。

ひとかどの人物というのは、カメラを持っていけば、それだけでもいい写真になりますが、それはたいてい男の場合です。野上先生は、女性としてはめずらしくカメラをスウーッと持っていけば、いい写真になるような雰囲気で、八十何歳でいながら本当に老醜を感じさせない、すばらしい顔だったと思います。気品がおのずからしのばれるようなたたずまいで、すばらしいおばあちゃんでした。

野上弥生子（のがみ　やえこ）
明治十八年（一八八五）、大分生まれ。本名ヤヱ、旧姓は小手川。明治女学校高等科卒業。同郷の学者、野上豊一郎と結婚。漱石の紹介で小説『縁』が「ホトトギス」に掲載された。昭和四十六年、文化勲章。昭和六十年（一九八五）、逝去。『海神丸』『大石良雄』『真知子』『迷路』『秀吉と利休』など。

宮本百合子

左翼系のプロレタリア作家というと、やせて神経質な感じの人を想像しがちですが、まったくイメージが違うのが、宮本百合子さんでした。彼女は生まれも育ちもよかったせいか、ぽっちゃりした、童女をそのままそっくり大きくしたような女性で、変なたとえで言えば、アンコ型のお相撲さんを理知的にしたような、そんな感じの人でした。

宮本さんは、たしか僕が文壇人を撮った一番最初の人ではなかったかと思います。織田作之助や太宰治などを撮ったのがキッカケになって作家シリーズが始まりましたが、宮本さんはそれ以前に撮った人だったような記憶があります。

上野近辺の、静かな、戦争直後にこんな静かないいお宅があるのかなと思うような、うっそうとした邸宅に住んでおられましたが、そこの茶室の供待みたいなところで、犬と戯れている光景を撮らしていただきました。

正直なところ、この人がねえっていう驚きでいっぱいでした。

この童女のような人が、大正七年頃からアメリカへ留学したり、帰国すると、こんどはソビエトへ出かけて東洋学の研究生になるといったように、男でもちょっと真似ができないような想像を絶する行動を重ねてきた人かと思うと、実に不思議な思いがしました。

ソビエトで同級生と恋愛して、親の反対を押しきって結婚したが、性格が合わなくなってついに離婚するという経歴があり、その後は、また、共産党の宮本顕治と同棲して、投獄された夫君と敗戦後、解放されるまで十数年間も会わないでいて、夫婦の絆だけはちゃんと守っていたという、熱情的な波乱万丈の半生を送ってきた人には、まったく見えないんです。

本当に、ポチャッとした、色白の、博多人形のような童女をそのまま大きくした感じで、外からうかがう風貌には、そんな激しさは全然見えなかったですね。

宮本百合子（みやもと　ゆりこ）

明治三十二年（一八九九）、東京小石川生まれ。本名ユリ、旧姓は中条《ちゅうじょう》。日本女子大学英文科中退。大正五年、『貧しき人々の群』が坪内逍遥の推薦で「中央公論」に掲載され好評を博した。建築家の父親に連れられアメリカに遊学し、結婚、破局。のち宮本顕治と再婚。昭和二十六年（一九五一）、逝去。『伸子』『播州《ばんしゅう》平野』『道標』など。

佐多稲子

佐多稲子（さた　いねこ）
明治三十七年（一九〇四）、長崎生まれ。本名、佐田イネ。小学校を中退して、女工、料理屋の女中など転々とする。中野重治らのすすめで書いた処女作「キャラメル工場から」で文壇に登場。プロレタリア文学者・窪川鶴次郎と結婚・離婚。平成十年（一九九八）、逝去。『くれなゐ』『私の東京地図』『歯車』『女の宿』『渓流』『体の中を風が吹く』『樹影』など。

丹羽文雄

丹羽文雄（にわ　ふみお）
明治三十七年（一九〇四）、三重県四日市生まれ。早稲田大学国文科卒業。在学中に尾崎一雄、火野葦平を知る。一度生家を継ぎ僧侶になるが、永井龍男らの推薦で『鮎』を「文藝春秋」に発表し、上京した。昭和五十二年、文化勲章。平成十七年（二〇〇五）、逝去。『贅肉』『海戦』『厭がらせの年齢』『哭壁《こくへき》』『親鸞とその妻』『蓮如』など。

大岡昇平

大岡昇平（おおおか　しょうへい）
明治四十二年（一九〇九）、東京牛込生まれ。成城高校時代、家庭教師が小林秀雄で、中原中也、河上徹太郎らを知る。京都帝国大学仏文科卒業。スタンダールなどの翻訳も多い。応召されてフィリピンで捕虜となり、その体験を『俘虜記』に書く。昭和六十三年（一九八八）、逝去。『武蔵野夫人』『野火』『花影《かえい》』『レイテ戦記』、評伝『中原中也』など。

永井龍男

永井龍男（ながい　たつお）
明治三十七年（一九〇四）、東京神田生まれ。一ツ橋高等小学校卒業。大正九年、十六歳で書いた『活版屋の話』が文芸雑誌の懸賞小説に当選。選者だった菊池寛に認められ、のち文藝春秋社に入社。「オール読物」「文藝春秋」編集長や専務取締役を歴任。昭和五十六年、文化勲章。平成二年（一九九〇）、逝去。『朝霧』『青梅雨』『青電車』『風ふたたび』『石版東京図絵』『コチャバンバ行き』など。

円地文子

円地文子（えんち　ふみこ）
明治三十八年（一九〇五）、東京浅草生まれ。本名、富美。国文学者上田萬年《かずとし》の次女。日本女子大学付属高等女学校中退。小山内薫の影響で戯曲から出発、戦後、『ひもじい月日』（昭和二十八）で作家的地位を確立する。「源氏物語」の現代語訳で知られる。昭和六十年、文化勲章。昭和六十一年（一九八六）、逝去。『妖《よう》』『女坂』『なまみこ物語』など。

石坂洋次郎

石坂洋次郎（いしざか　ようじろう）
明治三十三年（一九〇〇）、青森県弘前生まれ。慶應義塾大学国文科卒業。弘前高女の教師となり、以後十数年間にわたって教員生活をつづけた。その間、処女作『海をみに行く』が「三田文学」に掲載されて好評を博し、昭和八年から「三田文学」に連載をはじめた『若い人』がベストセラーとなった。戦後は『青い山脈』『石中先生行状記』などで国民的人気を博した。昭和六十一年（一九八六）、逝去。『麦死なず』『丘は花ざかり』など。

安部公房

安部公房（あべ　こうぼう）
大正十三年（一九二四）、東京生まれ。本名、公房《きみふさ》。少年期を満洲で過ごす。東京大学医学部卒業。花田清輝《きよてる》の影響を受け、シュールレアリズムに近づく。『終りし道の標《しる》べに』『赤い繭』で注目され、昭和二十六年、『壁—S・カルマ氏の犯罪』で第二十五回芥川賞受賞。平成五年（一九九三）、逝去。『水中都市』『飢餓同盟』『砂の女』『他人の顔』『榎本武揚』『箱男』など。

司馬遼太郎

司馬遼太郎（しば　りょうたろう）
大正十二年（一九二三）、大阪浪速生まれ。本名、福田定一。大阪外国語学校（現・大阪外国語大学）蒙古語科卒業。学徒出陣で満洲へ。復員後は産経新聞社などに勤務。昭和三十四年、『梟《ふくろう》の城』で第四十二回直木賞。平成五年、文化勲章。平成八年（一九九六）、逝去。『竜馬がゆく』『新選組血風録』『国盗り物語』『殉死』『花神』『坂の上の雲』『街道をゆく』など多数。

開高健

開高健（かいこう　たけし）
昭和五年（一九三〇）、大阪天王寺生まれ。大阪市立大学法学科卒業。壽屋（現・サントリー）でＰＲ誌「洋酒天国」を編集。昭和三十二年、『裸の王様』で第三十八回芥川賞。『日本三文オペラ』、『輝ける闇』など問題作を発表。釣り好きとしても有名。平成元年（一九八九）、逝去。『流亡記』『ロビンソンの末裔』『玉、砕ける』など。

遠藤周作

遠藤周作（えんどう　しゅうさく）
大正十二年（一九二三）、東京巣鴨生まれ。幼少期を満洲で過ごす。慶應義塾大学仏文科卒業。戦後最初の留学生として渡仏、現代カトリック文学を研究。昭和三十年、『白い人』で第三十三回芥川賞。「第三の新人」として、注目された。平成七年、文化勲章。平成八年（一九九六）、逝去。『海と毒薬』『沈黙』『最後の殉教者』『死海のほとり』など。

立原正秋

巌谷大四さんが立原正秋さんに実にうまいあだ名をつけている。上から下までズン胴でほそ長いから、〝トーテム・ポール〟。『次郎長三国志』かなにかの大政になったら似合うだろうっていう。

立原正秋さんとは、向井潤吉さんなどと一緒に別府へ旅行したこともあるし、京都の夜、飲みに行くところが同じだから、よく出会いました。お宅を新築されたときにも「家ができたから見に来てくれ」と言われて訪れたこともあって、何度かつき合いがありましたが、一番の強い印象は、とにかく〝急に怒り出す男〟ということですね。本当に怒りっぽい人でした。

高見順先生は神経質からくる瞬間湯沸かし器でしたが、立原さんのは、やっぱり神経質な面からくるのだとは思いますが、ちょっと方向が違う湯沸かし器ですね。メーカーが違うんです。本当に急に怒り出す。

大分の由布院の有名な亀の井別荘へ行ったとき、ご本人もえらく気に入って、いろりのそばで飲んでいたら、何かの拍子に、理由なく怒り出しちゃって、ご本人にすればわけはあったでしょうが、まわりはさっぱりわからないような怒り方で、急にバァーッと顔色が変わってきて、びっくりしたことがありました。京都でもそういうことが何度かありましたね。

僕はちょっと顔色を見て、額にしわが寄って顔面蒼白になりはじめると、これは危ないと思って、よく逃げ出したものでした。

あるとき、京都のお座敷バーで飲んでいたら、「今晩は」って立原さんが入ってきた。あっと思ったけれど、もうつかまっちゃったからしようがない。

「林さん、あんた、よく行くらしいね。いま、あの何とかいう小料理屋に行ったんだが……」

実にその店がひどいもんだと怒り出すんです。京都は、いまは、お任せ料理で、向こうで勝手に出してくる。

「俺はそんなコースを食いに来たんじゃないんだ。俺の好きなものを食いてえんだ」って言ったら、「それは、うちはできません。お断りしますから帰って下さい」って言われた。「大体食いもの屋のくせに生意気だ」って、いきまくんです。

僕の行きつけの店のことですから、どっちがいいとも言えなくて、「京都はそういうとこ困るねえ」って、ごまかしましたが、本当にあの怒り方は異常でした。

非常に潔癖症のところがあるんでしょうね。書斎ができたときも写真を撮りに行ったら、部屋のなかに、普通ならちょっと額をかけたり書をかけたりするものですが、それがいっさい何もない。

「これはまたさっぱりして、いい部屋だね」って言ったら、「いや、俺は変なものを飾るの、きらいでね。何にもないのが好きなんだ」と言っていました。そういうところに非常に神経質な一面が出ているように思います。飲んでなければいい人でしたが、一杯はいって気に食わないことでもあると、人が変わりました。飲んで楽しい人ではなかったですね。冗談もいえない。すぐ返事ができなくて、ちょっと言う前に考えて言わなければいけないような人でしたが、亡くなって時間が経つにつれて、なんか悲しい人だったという想いが強まってきます。

立原正秋（たちはら　まさあき）
大正十五年（一九二六）、朝鮮半島生まれ。早稲田大学国文科中退。昭和三十九年の『薪能』、翌年の『剣《つるぎ》ケ崎』が芥川賞候補となり、『白い罌粟《けし》』で第五十五回直木賞受賞。「早稲田文学」編集長を務め、古井由吉らを世に出す。昭和五十五年（一九八〇）、逝去。『漆の花』『きぬた』『血と砂』など。

新田次郎

晩年、よく井上靖先生などペンクラブの役員たちと銀座のバーで飲んでおられたのを見かけました。

井上先生は相変わらず酒場にぴったりの雰囲気だけれど、新田さんは何となくまわりの空気にそぐわない。知っている人は、作家の新田さんとわかるが、ちょっと見たら、役所の課長か局長か、商社でいえば部長級のサラリーマンに見えました。目立たない人で、作家というような顔ではなかった。なにしろ、気象庁で測器課長まで務めた人で、六年間も富士山測候所に勤務した経験もある。おそらく四十すぎまでのこうした固い役所生活がおのずと新田さんの逞しいがっちりした堅牢な風貌をつくりあげた原因ではないかと思います。

奥さんの藤原てい女史が満州からの引き揚げのドキュメント『流れる星は生きている』を発表して、一大ベストセラーになり、そのときの単行本のカバーに僕の写真を採用してもらった縁で前から存じあげていました。

だから、作家としては、奥さんの方が先にデビューされて、作家になる動機を奥さんがつくられたような感じで、新田さんが後から出てこられた。

非常に律義な感じのまじめないい人で、ペンクラブなどの運営などには一番ぴったりしたタイプの方ではなかったかと思います。

僕も青春時代、真冬の富士山頂に取材で登ったことがありましたが、まさに命がけでした。その経験がありますから、新田さんの顔を見るたびに、あの厳しい冬山の富士を、新田さんはたえず登ったり降りたりしておられたのかと思ったら、文句なしにこの人は芯の強いすごくたくましい男だと実感せざるをえなくなるのでした。

新田次郎（にった　じろう）
明治四十五年（一九一二）、長野生まれ。本名、藤原寛人《ひろと》。無線電信講習所（現・電機通信大学）卒業。中央気象台に就職、昭和七年から六年間、富士山測候所勤務。昭和十八年満洲中央気象台へ。戦後、妻・藤原ていの引き揚げ記録『流れる星は生きている』（昭和二十四）がベストセラーになり、刺激されて書いた『強力伝』（昭和二十六）が第三十四回直木賞受賞。昭和五十五年（一九八〇）、逝去。『火の島』『八甲田山死の彷徨《ほうこう》』『武田信玄』など。

藤原審爾

作家のなかで年齢もほとんど同じで、生まれも岡山と徳山と同じ中国路で、一番親しくしていたのが藤原審爾でした。最初に知り合ったのはいつごろでしたか。おそらく戦後まもなくで、新宿の安田組のマーケットにカストリ横丁があって、そのなかに魔子という女がいて、ちっちゃな一間間口のよしず張りみたいな店でしたが、そこにわりに作家が集まっていたんです。

藤原審爾や船山馨は、その店の日参組で、この二人が魔子を張り合っていたような感じがありました。藤原審爾は『魔子を待つ間』という作品を書きましたが、そのころは、胸の病気で本当にやせていて、そのうち阿佐ケ谷の病院に入院しました。

飲んべ仲間だから遠慮がなくて、僕は病室までカメラを持って押しかけていって、寝ながら書いている、すさまじい姿を撮りましたが、たしか三年ぐらい闘病生活をしたと思います。

退院して出てきたのをみると、五十五、六キロしかなかったのが、八十数キロというふうにすごい体にふとっていて驚きました。

その後も、湯西川温泉などに井伏鱒二先生と藤原審爾と「辻留」の若旦那などと行ったことがありますが、その道中でも、通りすぎる自動車のプレートナンバーのお尻と頭の数

一二三四五六七
PEPSI

を足し算して、丁か半かの博奕をやったり、宿では麻雀をしたりして遊びましたが、まず藤原審爾にはかなわなかったですね。柴錬さんの博奕と同じように、ずば抜けて記憶力がいいんです。きいてみたら、学生時代には神田の麻雀屋の二階に下宿していて、麻雀屋荒らしみたいな賭け麻雀専門の男が来ると、下からおやじに呼び出されてプロをやっつけたというんです。「だから、俺がうまいのは当たり前だよ」って言っていましたが、度胸のある麻雀でした。手が小さいと絶対に上がらない。よしッと思うと、バーンとくる。結局、大逆転でやられてしまうんです。勝負強さは無類でした。

晩年には、作品の評判もいいし、健康もよくなって、野球のチームをつくり、オーナー兼監督で楽しんでいました。強いアマチュア野球チームでしたね。

藤原審爾（ふじわら　しんじ）
大正十年（一九二一）、東京本郷生まれ。青山学院高等商業部中退。外村繁に師事し、『秋津温泉』『魔子を待つ間』などで注目され、昭和二十七年、『罪な女』で第二十七回直木賞。肺結核の闘病生活のなか、時代小説やミステリーなど旺盛に執筆。昭和五十九（一九八四）、逝去。『赤い殺意』『新宿警察』『総長への道』など。

船山馨

船山馨さんは大男で、一メートル八十センチ以上は十分あったでしょう。やさしい人で、いい仕事をしたわりに、晩年の作品以外はあまり評価されなかった。地味な方で、ずいぶん損をした人ではないかと思います。

僕は戦後早くから知っていました。新宿の安田組のマーケットのカストリ横丁の魔子の店で、船山さんは藤原審爾と魔子を張り合って、とうとう取られてしまったんです。それが損だったのか得だったのかは知りませんが、藤原審爾にしてやられた、そういう面が船山さんにはあったように思いますね。

晩年には、『石狩平野』とか『お登勢』とか、非常にいい作品を一気に吐き出して、大変なスランプから立ち直ってきましたが、それまでは本当に地味な立場でした。

僕も何回も写真を撮っていながら、以前に刊行した『日本の作家』のなかにも登場しなかった。打ち合わせのとき、「船山さんは、まだ……」というふうに編集者にいわれて落とさざるを得なかったんです。そういうめぐり合わせの悪さみたいな面が船山さんにはついて回っていたような気がしますね。

船山馨（ふなやま　かおる）
大正三年（一九一四）、北海道札幌生まれ。明治大学商学部中退。北海タイムスの記者となる。椎名麟三らと「新創作」を創刊。昭和二十一年、『笛』で野間文芸奨励賞を受賞。昭和五十六年（一九八一）、逝去。『お登勢』『花と濤《なみ》』『石狩平野』『蘆火野』『茜いろの坂』など。

有吉佐和子

右端は佐々木久子

有吉佐和子さんは東京女子大出身なので、母校へ連れていって撮ったんですが、教室があいているのをみると、スタスタ入っていって、「じゃ、私、きょうは講義するわ」って言って、誰もいないのに、黒板にいきなり「男性を尊敬すべし」って書くと、すぐ「絶対に」と書き加え、腰に手を当てがって、芝居気たっぷりに講演のふりをするんですね。

いちど広島へ、佐々木久子さんと火野葦平さんと有吉さんの一行に僕もお供して、東洋工業に招待されて行ったことがありましたが、あの旅行はいまも忘れられませんね。

あのとき、原爆記念日の式典で、有吉さんはものすごく憤慨しましたね。内閣総理大臣代読にはじまって、とにかく出てくる人が、どれもこれも全部代読でね、「こんなバカにした話があるものか。代読ならやめちまえ」なんて言って猛烈に怒った。

その夜、東洋工業の先代社長にごちそうになりましたが、有吉さんは昼間の憤慨の余韻が残っていて、最初から悪酔いでしたが、不思議にだんだん酔いが深まってくるうちに逆にヤケクソみたいに楽しくなっちゃって、チャコ（佐々木久子さん）と二人で座敷でかけ合い漫才みたいなものをやったり、踊ったりしましてね。そのあと、僕とバーへ行って、僕に「踊ろう、踊ろう」って言ってきかないんです。僕は踊らないのに、無理やり引っぱり出されてチークダンスを踊ったりして、もうめちゃくちゃでした。

その夜遅く、酔っ払ったまま広島駅から汽車に乗りましたが、わざわざ見送りにきてくれた先代社長に、有吉さんは、いい調子で、こう言ったんです。

「社長、早くいらっしゃい。汽車が出るわよォ」

先代社長は片足が悪いんですよ。それなのに、足をひきずるようにしながら、動き出した汽車のそばを小走りに走りに走って別れを惜しんだんですよ。大社長がそんなことをすることないですよ。そんな光景ははじめてで、ホームを走っている社長の姿が、いまだに瞼に焼きついています。有吉さんは、あまりモテるような顔じゃないけれども、さっぱりしているところが案外受けたのかもわかりませんね。

ちょうどその頃が、神彰さんと恋愛をしはじめた時期と思いますが、こんなにすごい女が、人に惚れるとなると、あんなになるのかなあと思うぐらいに、小娘みたいなところがありましたね。

ずいぶんおつき合いも多かったけれど、その後はすっかり仕事の上での交渉もなくなり、たまたま会ったのが毎日芸術賞のときで、有吉さんは、たしか『皇女和宮』だったかで、僕は『日本の画家一〇八人』で、同時に表彰されたんです。

そのとき、「こんにちは、有吉さん」って言ったら、「ハッ？」って、僕の顔を見て変な顔をするから、「もう忘れたんじゃないの、あんた。林ですよ」って言ったら、「あらっ、忠さん」なんて言った。なにしろチークダンスまで踊った仲なのに、けろっと忘れちゃうなんて、こちらもびっくりしました。その点、男は、わりに最初に世話になった人を忘れない。あの性格俳優の三国連太郎さん。彼が大船の撮影所に入ったとき、「アサヒカメラ」

の亡くなった津村秀夫編集長から「面白いのが入ったから、林君、撮りに行きなさい」って言われて、さっそく出かけて行った。田舎からポッと出で、コウモリ傘を持って、スタジオの一番隅っこの電気コードがいっぱいたまっているところでショボーンとしている写真を撮りました。一緒に行った人が、「三国さん、あんたは最初から大監督の作品に出て、林さんが撮ってくれたり、『アサヒカメラ』に出たりするんだから、やがて有名な役者になるのは保証されたようなもんですよ。世話になった人を忘れちゃいけませんよ」って言ったんです。

そんなことは、三国さん、きっと忘れているでしょうが、あの人、本来すごく礼儀正しさがあるのかもしれませんね、いまだに銀座で会っても、五十メートルぐらい先方からパッと帽子をとって、サアッと頭を下げて、ニコニコしながら近づいて来て挨拶をされますね。

女の人のなかには自分が偉くなると、昔の人のことは忘れてしまう人が多いようですね。

有吉佐和子（ありよし　さわこ）
昭和六年（一九三一）、和歌山生まれ。東京女子大学短期大学部英語科卒業。昭和三十一年、『地唄』が芥川賞候補になった。古典芸能や現代の社会問題まで、多くのベストセラー小説を発表した。昭和五十九年（一九八四）、逝去。『香華《こうげ》』『紀ノ川』『華岡青洲の妻』『出雲の阿国』『恍惚の人』『和宮様御留』など。

柴田錬三郎

柴田錬三郎なんていう人はいなくて、柴錬、柴錬と誰もが言いましたね。なかには、眠狂四郎の円月殺法をとって、柴田狂四郎と言う人もいましたよ。

だから、写真を撮るときの印象も、まったくその通りで、着物を着て袴をはいて、世にも面白くない顔をして、眉毛と眉毛の間に縦じわをぐっと寄せ、口をへの字に結んで、本当に、狂四郎か柴錬か、自分でもわからなくなるような風体をしていました。

黙っていると、とっつきの悪い男だったけれど、あの人がしゃべってニヤッと笑うと、まったく顔が変わるぐらい変わっちゃうんですね。非常に面白い人だったんじゃないかと思います。

僕はセッティングを主にするものだから、柴錬で狂四郎とくれば、小説のなかに出てくる増上寺で一番ふさわしい写真が撮れるんじゃないかと思って、お宅へ伺って、書斎で刀を抜いて、じいっと刀身に見入っている写真をまず撮り、それから連れ出して増上寺へ行って、境内の崩れかけた壁をバックに撮ったことがあります。それが柴錬に一番ふさわしいセッティングだと思ったのですが、考えてみると、これでもか、これでもか、といったセットの演出写真でね、今としては鼻持ちならないような感じで、見るのもいやな写真なんですけどね。

それにしても、柴錬というのは、ああいう苦虫をかみつぶしたような顔をして、仲間の吉行淳之介とか、阿川弘之とか、写真の僕らの仲間の秋山庄太郎なんかと、しょっちゅうブラックジャックをやっていた。カードの博奕なんですがね、みんな柴錬にもっていかれるんだそうです。カードを覚えてるっていうんだね。いま何が残っているとか、次に出てくるカードの確率に対する想像力がものすごいらしい。記憶力がすごいんですね。最後には柴錬にもっていかれる。そのぐらい頭の切れる人だったらしい。

あるとき、秋山庄太郎君が一緒に香港へ遊びに行った。柴錬は家族全員で、秋山君は一人だったそうですから、香港に着いて、秋山君が、「こんどは家族旅行なのに僕がいて迷惑だね」って言ったら、「いや、とんでもない、庄ちゃん。これ、君が旅行に連れてきてくれたようなもんで、こっちがお礼言いたいんだよ」って。考えてみたら、その旅行費ぐらいは、とっくに秋山君がブラックジャックで支払っている勘定になるんだね。どうも、参っちゃうよって、秋山君がぼやいていたけど、それほど素晴らしい才能をもった人だったらしい。

柴田錬三郎（しばた　れんざぶろう）
大正六年（一九一七）、岡山生まれ。本姓は斎藤。慶應義塾大学支那文学科卒業。佐藤春夫に師事し、昭和二十七年、『イエスの裔《すえ》』で第二十六回直木賞。昭和三十一年から「週刊新潮」に「眠狂四郎」シリーズを連載、爆発的な人気を博した。昭和五十三年（一九七八）、逝去。『赤い影法師』『柴錬三国志』など。

梶山季之

最初の出会いは、やっぱり飲み屋。それも新橋のカストリ横丁です。当時、梶山さんはトップ屋で、みんなが何かというと、「オーイ、トップ屋」なんて言って、からかったりしていましたが、彼はいつもニコニコしていました。トップ屋なんて作家や編集者から言われると、ある程度軽蔑されたようなニュアンスがあるものだと思いますが、不愉快そうな顔ひとつせず、ニコニコ顔で、本当に座を明るくする男でした。「彼は料理屋のおかみから愛される芸妓のように、バーのマダムから認められるホステスのように、玄人編集者から買われている作家だ」と、のちに池島信平さんが言ったそうですが、その通りで、まったく謙虚でサービス精神の強い人でした。

だから梶山季之ぐらい銀座や新橋界隈の夜の世界で女にモテる男はいなかったと思います。どこへ行っても梶山さんの悪口を言う女はいなかった。彼が入ってくると、パアッと酒場のなかが明るくなるような、そんな雰囲気をもっていましたからね。モテすぎるから、こちらは見ていて面白くない男だったですね。

その後、だんだん彼の小説が売れて有名になり、広島などへ行く飛行機のなかでよく出会いました。いつもかならず僕の知っている女性をそれとなく連れていて、「おい、梶さん、やってるな」って、ひやかしたら、そのときの照れ臭そうな、なんともいえない顔といったら、いまだに忘れられません。

しだいに流行作家になってきて、家では仕事ができなくて、平河町の都市センターホテルに部屋をとって仕事場にしていました。僕が訪ねていくと、フロントにいい男がいましたが、それがおそらく森村誠一じゃなかったかと思います。上では流行作家が書いていて、下では、おそらく森村誠一が、いつかああいう作家になりたいと野望を燃やしていたという光景なんですね。本当にこの世のめぐり合わせというのは面白いものです。

梶山さんは飲み屋でも撮りましたが、梶山さんの場合は、なんだか夜の銀座、新橋の方が表になっていて、いつ仕事をするのかわからない。だから、ひとつ普通の人と違う裏側を撮ってみようと思って、都市センターホテルの和室で、ほの暗いスタンド一つの光の中で原稿用紙に向かっている姿を撮って発表したことがあります。

梶山さんは、あの頃、銀座で最も派手に飲みまくっていた仲間の一人でした。

梶山季之（かじやま　としゆき）
昭和五年（一九三〇）、朝鮮生まれ。戦後引き揚げ、広島高等師範学校国語科卒業。ルポライターとして活動していたが、小説『赤いダイヤ』『黒の試走車』を発表、ベストセラーになる。昭和三十八年、『李朝残影』が直木賞候補。昭和五十年（一九七五）、逝去。『夢の超特急』『女の警察』『小説ＧＨＱ』など。

今東光

今東光さんほど底抜けに明るく、型破りな和尚っていうのは、あんまり見たことがないですね。ちょうど僕が仕事をした頃は、大阪の河内の寺の住職をしていました。河内といったら大阪では非常に気性の荒いところで、音頭は河内音頭、言葉は河内弁で、独特の雰囲気がある土地ですが、僕はそこへ今東光さんを訪ねて行ったんです。

とにかく和尚、町へ出ると、絶対に偉そうにしないで、もう町の八百屋のおばちゃんであれ、お風呂屋のおばちゃんであれ、郵便局員でも警察官でも、誰とでも、「やあやあ、元気かあ」なんて愛想よく話しかけて歩いていくんです。二百メートルぐらいの道を歩くのにも、一人ずつ挨拶して行くので、なかなかはかどらないほどの人気者でした。

お寺でお勤めをしているところも撮りましたが、「きょうは、林さん、はじめてきたんだから、大阪のナイトクラブへ行こうよ」って、北のクラブで落ち合って飲みましたが、ちらっとみると、和尚は全然飲んでいない。ジュースか何か飲んでは女の子のお尻をさわったりして、キャッキャキャッいわして喜んでいる。破戒坊主というのか、すごい傑作な和尚さんで、同じように女の子をかわいがったり、ふざけたりしても、川端先生とは全くちがう遊び方をしていましたね。

川端先生の方は、黙って一言も口をきかないで、そっと手を握っている。和尚の方は、もうはしゃいで、めちゃくちゃに騒ぎまわる。『悪名』という河内を舞台にした小説がありましたが、それを地でいくような感じでしたね。

チンピラ親分のような気配があって、六十歳で直木賞をもらうと、「直木のやつが、さんざん俺から借金しやがったんで、そのお返しにくれたんだ」って悪たれ口をきいて、流行作家になった。その後、戦後も二十年近く経って、天台宗の権大僧正になって、中尊寺の貫主にまでなった。坊さんとしては、大出世ですよ。政治にも色気を出して、参議院に出馬して当選したりして、六十すぎから青春時代がにわかに再び訪れてきたような、本当に、めったに現れない変わった人でした。

今東光（こん　とうこう）
明治三十一年（一八九八）、横浜生まれ。関西学院中等部・豊岡中学中退。川端康成を知り、一高出身者らの同人に参加。のち、天台宗延暦寺の僧侶となり、比叡山にこもる。戦後、大阪八尾の天台院住職。昭和三十一年、「お吟さま」で第三十六回直木賞。以来、文壇に復帰して作品を発表。平泉中尊寺貫主。参議院議員。昭和五十二年（一九七七）、逝去。『春泥尼抄』『悪名』『十二階崩壊』など。

源氏鶏太

源氏さんぐらい渋い顔と縁のない人はいないのではないでしょうか。「いつもニコニコ日の丸弁当」じゃないけれど、不愉快な表情を見たことがない。人当たりはいいし、住友という大会社に長年勤務されただけのことはありました。

書かれたものも、『三等重役』であり、『鬼課長』であり、『英語屋さん』であり、とにかくサラリーマンものばっかりで、主人公の名前も、大吉とか、京太とか、庄平とか、気宇壮大なイメージで、楽天的で明るい正義派の青年社員です。

酒も強かったですね。僕は、「銀座百点」の仕事で、井上靖先生と源氏鶏太さんとつき合ったことがありますが、「一緒に飲んでいってください」と言われて、築地の料亭「金田中」でごちそうになって、そのあと銀座の酒場を何軒か飲み歩いて、ひどい深酒になった記憶があります。

そのとき、築地の料亭で、井上先生と源氏さんが飲みくらべみたいになっちゃいまして、そこへもってきて芸者の強いのがいまして、「私、ニコラシカよ」と言って、ブランデーの上にレモンを置いて砂糖をのせ、キューと飲むんですよ。それをパクパク飲んでいるうちに、これは明日は確実に二日酔いだなあと思って、用心しながらやっていましたが、とうとう源氏さんは次の店でぶっ倒れてしまい、車を呼んで帰ったんですが、その翌日が、

お二人が東京駅から旅へ出る日だったんです。僕が駅へ行ったら、井上先生はケロッとして来ていましたが、源氏さんは担架にのせられた方がいいような顔をしていて、やっと駅へたどり着いたような感じでした。

その頃の文壇の酒豪番付からいけば、井上靖先生が東の横綱で、源氏さんは西の大関ぐらいのところじゃなかったかと思いますが、本当にすさまじい夜でした。

とにかく源氏さんとは、よく旅をしました。

浜名湖へ釣りに出かけ、源氏さんの郷里の富山に近い白川郷へ行ったりしました。「こきりこ」って歌がありますが、火箸を両手でもって、チャンチンと打ち合わせて御詠歌みたいな歌ですが、非常に哀調があって、いい歌なんです。それを源氏さんが教わって、それからというものは、僕と出会うと、いつでも、銀座でも、その「こきりこ」をやっていました。

家ではかなり三等重役さんで、恐妻家だったのか、外へ出たら、鳥カゴから放たれた鳥みたいな感じで、ニコニコ顔の目尻がよけいに下がるような表情になっていました。

かならず芸妓を呼んで、にぎやかに楽しく遊ぶ酒でした。

源氏鶏太（げんじ　けいた）
明治四十五年（一九一二）、富山生まれ。本名、田中富雄。富山商業学校卒業。大阪の住友合資会社に入社、二十五年間勤続した。昭和二十六年、『英語屋さん』で第二十五回直木賞。昭和五十年、紫綬褒章。昭和六十年（一九八五）、逝去。『三等重役』『停年退職』『鬼課長』など。

獅子文六

文豪（文五）よりも一つ上だから、ペンネームを文六とつけたというように言われているけれども、ユーモア作家である獅子文六先生に言わせると、「いや、そうじゃないんだよ。九九なんだよ。四四、十六で、それをもじって文六ってつけたんだ」と、そういうふうに言っておられたのを聞いたことがあります。

僕が存じあげたときは、ちょうど『自由学校』はなやかなときで、これは本当に日本中を沸かせましたね。その頃だったか、ちょっと前だったか、文六先生は蔵の中に住んでいましてね。パリ暮らしが長くて帰ってきた人だから、ちょうど適当な家がなかったのか。壁全部が真っ白でしたね、蔵の中だから。その白い壁の部屋の中で、机をきちんと置いて、正座してね。お酒をちろりから杯に静かについで、ちびりちびりとやられる。なかなか酒に風格のある人だったように覚えています。

運動好きの人で、誰かくると、すぐ庭へひっぱり出してキャッチボールをするような一面もありましたね。

後輩の柴田錬三郎などに「君たちも、すこし作品の〝引き出し〟を多くした方がいいぜ」って言われたそうで、柴錬の『図々しい奴』とか、阿川弘之の『ぽんこつ』などは、獅子文六先生にあおられて張りきって書いたものだそうですね。

岩田豊雄の本名で書いた『海軍』なんて作品もあって、大変まじめな人でした。ちょっと人と違うところがあったのは、やはり四年間もの長いパリ生活が自分の身についてしまっているところがあったからじゃないでしょうか。

獅子文六（しし　ぶんろく）
明治二十六年（一八九三）、横浜生まれ。本名、岩田豊雄。慶應義塾大学理財科予科退学。大正十一年、貿易商だった父の遺産で渡仏、パリに滞在して演劇を研究。大正十四年帰国し、演出家となる。昭和十二年、岸田國士らと文学座を創設。演劇評論や翻訳が多かったが、獅子文六のペンネームで小説を書きはじめる。昭和四十四年（一九六九）、文化勲章、同年逝去。『信子』『海軍』『てんやわんや』『自由学校』など。

川口松太郎

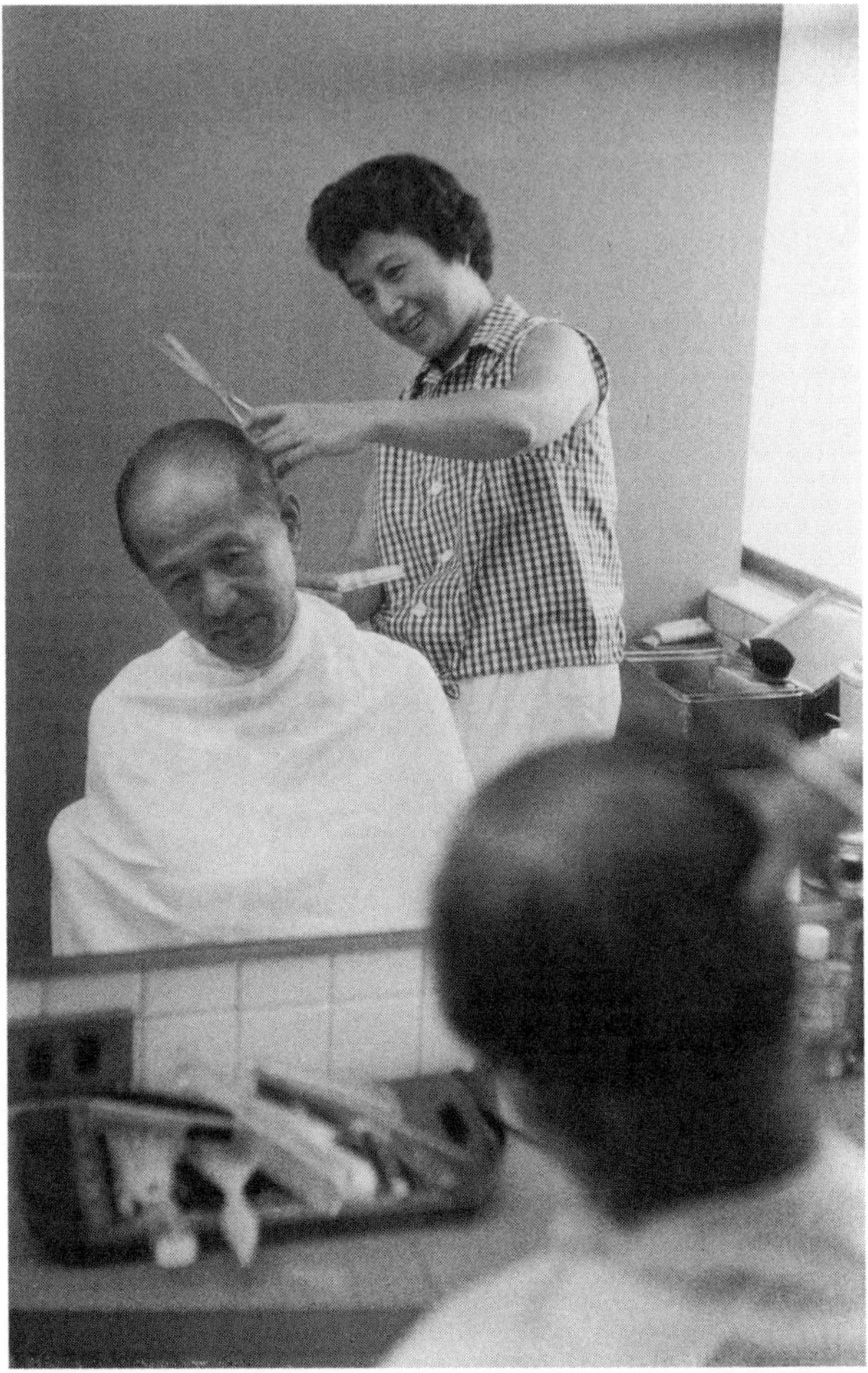

夫人の三益愛子と

諏訪の森
BEDDING FOR RENT
BEDDING FOR SALE OR RENT
貸ふとん
貸ふとん

僕はずいぶん川口松太郎先生のお供をして、方々の撮影に出かけていきましたが、特に印象深いのは、大映の撮影所でした。

川口先生は、そこの重役でしたから、周りも全部「重役、重役」と言って、「川口先生」と言う人は一人もいなかった。派手なチェックの上着をきて、女優さんに囲まれて、「重役」って言われている姿が川口先生にぴったりくる光景でした。

しゃべり方も、まったくのべらんめえ調で、洋服の里見先生みたいなものでした。あれほど女優に囲まれてよく似合い、銀座に出て似合う人というのは少なかったんじゃないかと思いますね。やはり、「おそめ」と「エスポワール」の、違ったタイプの二人のママをモデルにして書かれたという『夜の蝶』の作者ならではの貫録が備わっていましたね。

夫人が三益愛子さんで、子供さんがみんな俳優になった芸能・映画一家でしたが、いつか川口先生がこう言いましたね。

「林君、今の若いのは銀座をブラブラしてね、こんなところがなきゃいいんだけどね。俺が歩いてんだからしようがないけどな。息子までマネして歩いて、まったく銀座ってのは親不孝通りだぜ」

妙にその言葉を覚えていて、僕は、銀座へ行くやつは親不孝通りを歩いてるんだよって、よく言ってましたが、べらんめえ調で、「おい、親不孝通りだぜ」なんて言うともう本当に真に迫って、あれほど自然にぴったりくる人はいなかったように思います。

でも、子煩悩でしたね。

あるとき、軽井沢の別荘へ行って写真を撮ったら、「おじちゃん、魚釣りに行こうよ」って、今もよくテレビで探検ものなどに出ている川口浩さんと晶さんが言うから、僕もきらいじゃないし、二人の子供を連れてマス釣りに行ったんです。一匹幾らで、糸を垂れればすぐ釣れる。お嬢ちゃんにお坊ちゃんだから、パンパカ、パンパカ釣っちゃう。僕は、一匹釣るごとに、ああ幾らになった、幾らになったって心配なのに、子供たちは他人の迷惑などそっちのけで、金に糸目つけないで、パンパカ釣っちゃうから、本当にかなわなかった思い出がありますが、やはり、これが川口先生のいう親不孝通りに通じていたんですね。

川口松太郎（かわぐち　まつたろう）
明治三十二年（一八九九）、東京浅草生まれ。十六歳で久保田万太郎に師事し、のち小山内薫門下。久保田の紹介で講釈師の悟道軒円玉に入門、江戸庶民風俗や口調などを学ぶ。昭和十年、『鶴八鶴次郎』『明治一代女』などで第一回直木賞。昭和四十八年、文化功労者。昭和六十年（一九八五）、逝去。『風流深川唄』『愛染かつら』『信吾十番勝負』など。

大佛次郎

数多い作家のなかでも、大佛先生ほど親しくしていただき、また、かわいがっていただいた人は数少なかった。戦前から写真を撮らしていただいたが、戦後ふたたびお目にかかったときは、先生は「苦楽」という雑誌をやっておられました。戦後二、三年目の仙花紙の時代に、アートを使った非常に豪華な雑誌で、そこの口絵をやらしてもらうということは大変名誉なことでもありました。大佛先生の紹介でやらせていただき、それが機縁となって、また戦後のおつき合いが始まったんです。当時、新橋の飲んべえ横丁、カストリ横丁ともいいましたが、そこへ毎晩のように僕は行っていた。大佛先生もよく見えていて、そこを舞台にして書かれた小説が、『冬の紳士』という短編で、そのなかに僕だの、大佛先生を取りまく連中だの、映画評論の筈見恒夫だの、仲間がいっぱい登場してくるんです。

鎌倉の雪ノ下のお宅へもよく出入りさせていただいたんですが、お子さんがいらっしゃらないので、ネコが部屋中を濶歩している。「何匹ぐらいいるんですか」と訊いても、「何匹だかわからないね。近所の人がネコを捨てにきて、ヘイの外からポンと置いて帰っちゃうんで、実際に何匹いるのかわからない。ただ、エサだけはやらなきゃいけないんでね」。

その通りで、廊下をのぞいたら、ネコの茶碗が幾つも並んでいて驚きましたね。そのなかで一番いばっているのがシャムネコでした。そのシャムネコが大佛先生の膝の上にいた

り、肩に乗っかっていると、ほかのネコはみんな小さくなって、やっぱりネコの世界にも位みたいなものがあるんじゃないかと思いましたが、そんなネコ屋敷で暮らされるというのは、先生も奥さんも心のやさしい方だったんですね。

先生とは一緒によく酒も飲みましたし、ずいぶんあちこちへお供もしましたが、先生ぐらい洋酒の似合う人もいませんでしたね。洋服がサマになって、ブランデーが似合って、いや、和服を着てもサマになった。おそらく作家のなかでは一番のダンディーだったと思います。横浜のニューグランドホテルのバーで、白い上着を着て、スタンドのとまり木に足を置いて、ブランデーを飲んでらっしゃる姿なんて何ともいえない先生らしい雰囲気で、いちばん先生にふさわしい姿ではなかったかと思います。また、ニューグランドの上の食堂あたりで、横浜の港に灯がついたころ、霧笛の音がきこえてきて、先生が現れると、本当にぴったりして、さすが横浜生まれという感じでしたね。

それから十数年たって、僕が銀座で飲み始めたころ、先生はちょうどがんセンターに入院されていましたが、ときどき病院から抜け出してきて、飲みに見えていました。食道がんだから飲んじゃいけないと思うんですが、それでもやっぱり銀座っていうのは、先生には切っても切れないところだったんでしょう。「ムーンライト」っていう店にくると、パッと手をあげて、人差し指を一本立てて、「例のもの」って言われると、バーテンがサッと出してくる。病気中だったから、牛乳のビンを出すんですね。変なものを飲まれるんだなあと思ったら、ブランデーグラスに最も高いブランデーのヘネシーのエキストラを入れて、その上から牛乳をざあっと入れた俗にいうミルク割り。当時でも銀座で一杯飲むと安いのでも五千円ぐらいしたものでしたが、それをグーッと飲んで、周りの人や知り合いにポッと声かけて、「ではね」って言われて、パッと一万円札をカウンターに置いてスッといなくなる。その入ってきてから出ていくまでのタイミングのよさっていうのが、実にスマートで本当に大変なものでしたね。やることなすこと全部がシャレてましたね。

大佛次郎（おさらぎ　じろう）
明治三十年（一八九七）、横浜生まれ。本名、野尻清彦。東京帝国大学政治学科卒業。外務省に入ったが、ペンネームで書いた「鞍馬天狗」シリーズが国民的人気を博し、文筆生活に入る。『照る日くもる日』『赤穂浪士』など時代小説を量産。無類の猫好きとして知られる。昭和三十九、文化勲章。昭和四十八年（一九七三）、逝去。『霧笛』『パリ燃ゆ』『天皇の世紀』など。

瀧井孝作

瀧井先生の釣り好きは有名で、井伏鱒二先生とずいぶん仲よく釣りを楽しまれ、「文壇太公望」という名前がついているぐらいでした。

いまは僕も、仕事のほかは釣りが一番の趣味で、もっぱらカメラよりもリールを集め、竿を集めて海へ出かけるのが唯一の楽しみになってきました。

いつか、井伏先生が瀧井先生を下部温泉へ案内して、釣りをされたが、ほとんど釣れなかった。そのとき、井伏先生が「こんなに釣れないところへ案内してしまって申しわけない」と言われたら、瀧井先生はそんなことはいっさい気にせず、「いや、釣りっていうのは、魚を釣るばかりが目的じゃないよ。山野をかけずり回って、釣り場を求めて風景を楽しむのも楽しいものですよ」と言われたそうですが、僕もだんだん年をとってきて、その気持ちがわかるようになりましたね。

釣りの話というのは、釣れたときだけの自慢話であって、本当は一匹も釣れなかったことの方が多いのに、その方は人にほとんどしゃべらない。釣ったときのことだけをしゃべる。だから、やっぱり釣りをやっても、瀧井先生のような澄んだ悠揚せまらざる心境にまでならないとだめだなあというのが、しだいにわかってきたような気がします。

銀座句会というのがありまして、瀧井先生とか、永井龍男先生とか、映画監督の五所平

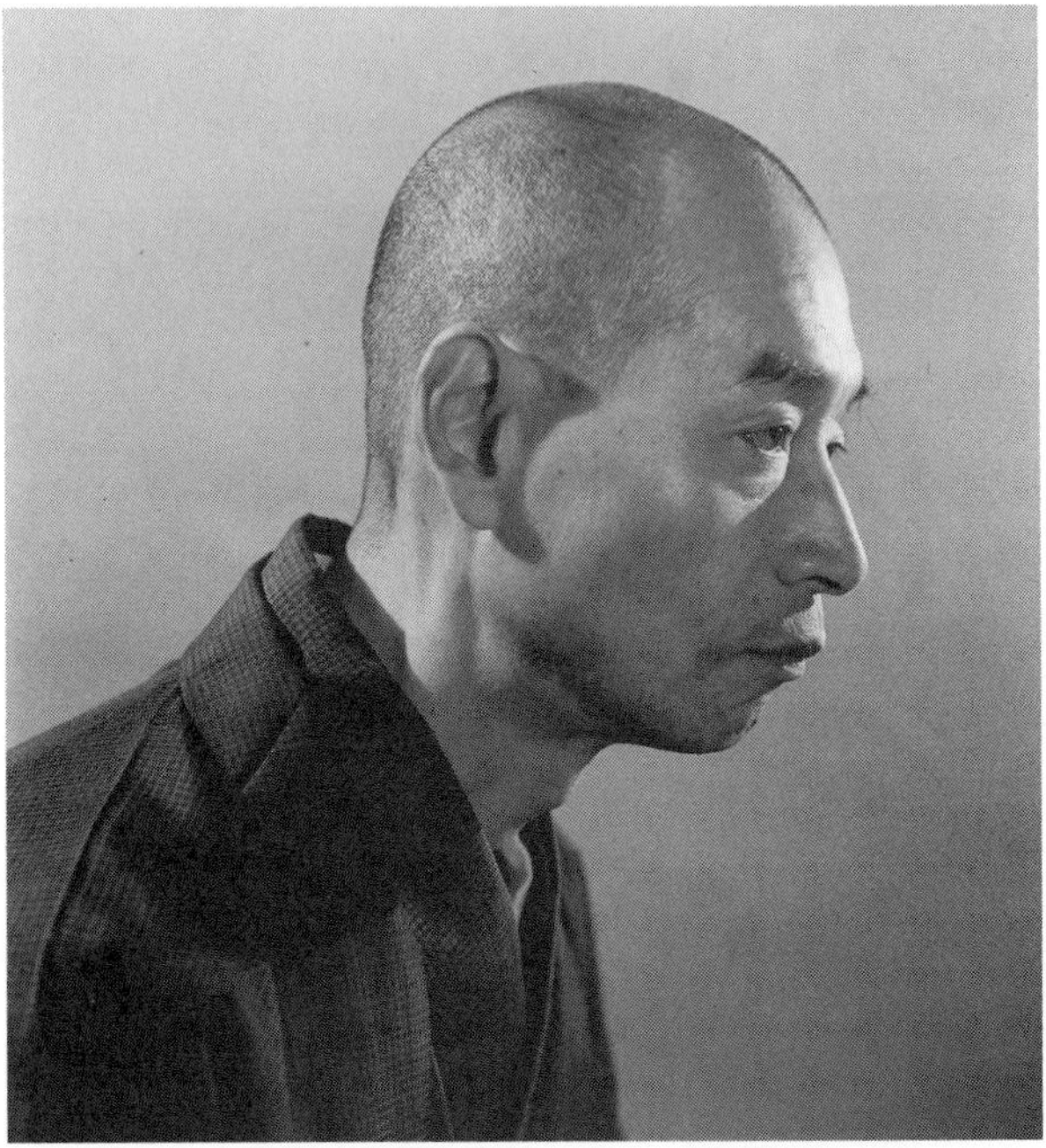

之助さんとかがメンバーですが、有名な作家のみなさんが、瀧井先生には、一目も二目も置いていた。やっぱり大作家であるというのは、釣りの話からだけでも感じられます。

瀧井孝作（たきい　こうさく）
明治二十七年（一八九四）、岐阜生まれ。俳号、折柴《せっさい》。高山尋常小学校卒業。河東碧梧桐に師事。雑誌記者として芥川龍之介を識り、志賀直哉を生涯の師とした。大正十年から四年間書きつづけた小説『無限抱擁』で一躍注目される。昭和四十九年、文化功労者。昭和五十九年（一九八四）、逝去。『折柴句集』『野草の花』『俳人仲間』など。

河上徹太郎

河上先生は僕と同じ山口県の大先輩に当たるわけですが、実は個人的にも少なからぬ因縁があるんです。

僕は子供のころから祖父の特殊教育を受けさせられまして、毎日のように放課後、絵と英語とソロバンをやれと、いまの学習塾みたいなところへ通わされたんですが、その絵の先生が河上徹太郎さんの伯父さんに当たる人でした。水彩画で有名な徳山の人でした。その先生にお世話になったことを河上さんに最初に会ったときに話しまして、特別に親しさを感じました。

銀座界隈の「岡田」とか「はせ川」とか、有名な銀座裏の小料理屋によくお供して一緒に飲みましたが、田舎の生まれのくせに不思議にべらんめえ口調なんですね。酔っ払うと、とくに激しくなって、「バカ野郎」「バカもの」っていうのがやたらに飛び出す。これは、石川淳さんと双璧だったんですね。石川淳さんも、酔っ払ってくると、僕なんか「バカ野郎」って何回言うかと思って、その数をかぞえていたぐらいでしたね。なにも本当にバカ野郎と思っているわけじゃなくて、親しみの一つだったかもわからないんですけどね。

そんな江戸っ子みたいな人が、一方では音楽評論家で、クラシックのオーケストラの方に関係されていた。

河上徹太郎（かわかみ　てつたろう）
明治三十五年（一九〇二）、長崎生まれ。東京帝国大学経済学部卒業。小林秀雄らと創刊した「山繭」に音楽評論をのせ、中原中也、大岡昇平らと刊行した同人雑誌「白痴群」に発表した論文で横光利一に認められる。昭和四十七年、文化功労者。昭和五十五年（一九八〇）、逝去。『私の詩と真実』『日本のアウトサイダー』『吉田松陰』など。

岩国へ行った思い出が強く残っています。錦帯橋を渡った山側のお城の跡付近は、家老とか上級武士の住まいがあったところですが、そのなかの家老の屋敷が河上家のお宅で、お母さんが住んでおられました。

河上さんは、お母さんを呼ぶのも、「バカヤロー」と同じ調子で、心のなかでは母親へ敬意を払っているのでしょうが、口をついて出てくるのは、「オーイ、お酒の用意しろ。早く持ってこい」。お母さんをこき使うのには、びっくりしました。

飲む酒はきまっていて、たしか名橋正宗だったと思います。それを二升ほどドーンとわきに置いて、二人で夜明けまで飲みつづけて全部あけちゃいましたが、朝にも強くて、「朝飯にもおいでよ」と誘っていただき、朝からまた一杯飲んだあと、お城のなかの吉川公園を散歩しました。このぐらいのんべえで二日酔いをしない人っていうのは珍しいと驚きましたね。

いまはもう亡くなったかもしれませんが、宮島にモーターボートの親分がいて、いつも黒メガネでベレー帽のへんちくりんなのをかぶっていましたが、その人が河上さんと仲よしで、ヨットをプレゼントしたらしい。

「俺、ヨットを一隻もらったんだよ。ヨットに乗って飲むのがいいんだよ、君」って、よろこんでおられました。「ヨットに乗り移るとき、君、海へ酔っ払って落っこっちゃってねえ」なんて話もしていましたが、なんとも優雅な飲み方を楽しまれるのんべえでしたね。

今日出海

今日出海さんは、本当にあけっ放しの明るさでしたね。人づき合いはいいし、人をそらさないし、実に天才的な外交官のように当たりのよかった人でした。やはり育ちが出てくるんでしょうか。生まれは、北海道の函館。お父さんは日本郵船の欧州航路の船長だったというふうな家で、そういった環境が、兄さんの今東光さんや日出海さんをはぐくんだのではないかという感じがします。

『悪名』的な兄さんと違って大変なダンディーで、パリで生活して、映画や演劇の監督をしたりして、大変なモダンボーイでした。

今日出海さんのお宅へ伺ったら、庭のなかに、二畳か三畳かの小屋をつくって、そこで仕事をしておられたようでしたが、その小屋の窓に座っている姿を撮ったことがありました。やはり鎌倉文士の典型的な一人ではなかったかと思います。

のちに、文化庁が文部省のなかにできたとき、初代の文化庁長官になられた。文壇にも顔がきき、映画や演劇、すべての方面に顔が通っていて、異色の存在だっただけに、まったく打ってつけの人事だったのではないかといわれました。僕ら写真界も、いろいろとお世話になりました。

今日出海（こん　ひでみ）
明治三十六年（一九〇三）、北海道生まれ。今東光は長兄。東京帝国大学仏文科卒業。同級の小林秀雄

と親交があった。昭和二十年まで明治大学教授。戦争中、フィリピンでの敗走体験を書いた『山中放浪』（昭和二十四）が好評を得る。昭和二十五年、「天皇の帽子」で第二十三回直木賞。初代文化庁長官。昭和五十三年、文化功労者。昭和五十九年（一九八四）、逝去。『三木清における人間の研究』など。

小林秀雄（左）と

小林秀雄

小林秀雄さんは文学を志す若い人たちには神様のような存在ですが、作家の方からみても、まさに畏敬の的といった感じで、小林先生の批評には、どれほどみなさん関心を抱いていたか、はかり知れません。

僕なんかも、あの人は大変にうるさい人だと思うと、お宅へ伺う前から武者震いといえば格好がいいけど、なんとなく恐怖心みたいなものがありました。悪いクセで、なぜか偉い人のところへ行くときに限って、前の晩に飲みすぎちゃうんですね。あんまり飲んではいけない、この辺にしておかなきゃいけないと思いながら、ついつい飲みすぎて、ふらつきながら帰宅することが多かったですね。

鎌倉の小林邸の前の上り坂の小道にさしかかると、本当にふるえがきて、なかなかとまらなかったことを覚えています。お会いしてみると、非常に神経質な風貌で、川端先生をちょっと若手にしたような、そういう似通った顔でもありました。さっぱりしているようで、ねちっこさがあるというのが川端先生で、本当にサバサバしているところが小林先生だったように覚えています。

とにかく広い庭で、すばらしいお宅でした。一本の大きな樹があって、その下で、仲よしの今日出海さんとお茶を飲んで話している光景は、ちょっとすごい感じでした。今から

思えば、その写真を撮った頃の小林先生たちの年齢は、いまの僕よりもずっと若いんですね。その人たちが、ああいうすごい暮らしをしていて、あれだけの名声をもっていたんですから、さすがに立派なものだというしかありません。

小林秀雄（こばやし　ひでお）
明治三十五年（一九〇二）、東京神田生まれ。東京帝国大学仏文科卒業。富永太郎、中原中也、大岡昇平らと青春期に交友。昭和四年『様々なる意匠』で「改造」懸賞論文第二席になり評論家としてデビュー。近代日本の文芸批評を確立した。昭和四十二年、文化勲章。昭和五十八年（一九八三）、逝去。『私小説論』『無常といふ事』『本居宣長』など。

中野重治

一見したところでは、中野先生はたいへん朴訥で、好々爺のような感じだけれど、非常にシャープな人と聞いていましたから、お会いするまでは、小林秀雄先生と同じように、非常な緊張の連続でした。うまくいけばいいがという不安を抱きながらドアを心細くたたいた記憶があります。

お会いしてみると、いい感じの方で、わりにユーモアのあるしゃべり方もされるし、ああ、そんなに緊張しなくてもよかったんだなと安心感がじわじわとひろがりましたが、こういう人が本当はこわい。何か言うと、パッとしっぺ返しがくるような感じがして、あまり口もきけないで写したのを覚えています。

面白いと思ったのは、机の上の物が非常に無造作においてあるのに、どこかちゃんとバランスよく配置されていたような感じで、そのなかに、雑誌社から送ってきた小切手がそのまま放り出してあった。何日放ってあったのか。きょうやきのう置かれたものじゃない感じで、実に無造作な位置にポンとある。ああ、なるほど、こういう方なんだなと思って、さすがに中野先生ともなると違うなあと、へんなところで感心したような記憶があります。だから、僕は、その小切手が気になって、先生の顔と小切手がよく見えるように、カメラをちょっとハイアングルにして撮ったんです。

中野重治（なかの　しげはる）
明治三十五年（一九〇二）、福井生まれ。東京帝国大学独文科卒業。室生犀星に師事し、堀辰雄らと「驢馬」創刊。林房雄らと学内に社会文芸研究会を結成。すぐれたプロレタリア誌や小説・評論を書くとともに、いくつもの機関誌を創刊した。戦後、共産党に復帰、のち除名。昭和五十四年（一九七九）、逝去。『むらぎも』『甲乙丙丁《こうおつへいてい》』など。

亀井勝一郎

人間の顔というものは、大勢の人物を撮っているうちに大体どの辺の出身の人かということまでわかってくるんです。海音寺さんなどは一目で九州人とわかる風貌をされているけれど、逆に北海道というのは非常にわかりにくい。東京と同じで各地の人間が入り乱れているせいもあるでしょうね。

しかし、亀井さんは、そうしたなかでも北海道らしい感じを持っていた人ではなかったかと思います。

亀井さんは函館の生まれでした。

函館というのは、北海道開拓の頃からまっさきに発展したところで、九州でいえば長崎のようなエキゾチックな町です。しかも、お父さんが銀行の支配人だったそうで、大変裕福な豪壮な家で育った。

亀井さんをみていると、いかにも函館生まれのエキゾチックな面と、お坊ちゃん然とした育ちのいい顔が溶け合っている感じで、これほどノーブルな顔の人というのはあまり見たことがありません。男でもほれぼれするような顔でした。

友だちがアルバイトで電報配達をやっていて、亀井さんの家に電報を届けにきたとき、地下足袋をはいてヒビだらけの手をしているのを見て、その貧乏な友だちを大変うらやま

しく思ったというような話をききますと、やはり坊ちゃん生活の負い目があったんでしょうか。逆に貧しさにあこがれていたんでしょうか。だから、東大に入っても、プロレタリア文学運動をやったりした。女流作家でも、かつての庄屋の娘とかのいい育ちの人が、かえって左翼活動を熱心にやったというのは、ちょっと不思議な感じですが、男では亀井さんはその一人だったんですね。

亀井勝一郎（かめい　かついちろう）
明治四十年（一九〇七）、北海道函館生まれ。東京帝国大学美学科中退。在学中、新人会に入り、共産主義思想を学ぶが、三・一五事件で投獄されて転向、のち保田与重郎らと「日本浪曼派」を創刊し太宰治を知る。昭和四十一年（一九六六）、逝去。『大和古寺風物誌』『美貌の皇后』『私の美術遍歴』『転形期の文学』『日本人の精神史研究』など。

岸田國士

岸田國士先生は背が高くて実に毅然とした風貌をされていました。あごヒゲも非常に立派で、たまたま僕が撮ったのは着物姿でしたが、いい顔でしたね。軍人だったら、まちがいなく将官級の顔です。明治維新の西郷隆盛のようなモールのいっぱいついた黒い服を着られたらぴったりするような風貌でした。

そういう軍人タイプの岸田先生が、若い頃、フランスへ留学して演劇を勉強され、小説のほかにも戯曲を書いたり、演劇の演出をされて、久保田万太郎さんらと大いに新劇の育成に貢献されたんですね。戦後は雲の会をつくって活躍され、最後は、文学座の三月公演の「どん底」の演出をすることになり、その舞台稽古の最中に倒れて亡くなられた。いま僕らからみれば、八十歳ぐらいの感じがしていたんですが、まだ六十三歳だったんです。早く亡くなられて惜しまれた方じゃないでしょうか。

お嬢さんの一人は女優の岸田今日子さんで、一人は詩人の岸田衿子さんですが、やはりどこか毅然とした気品のある、毛並みのよさを感じさせます。

岸田國士（きしだ　くにお）
明治二十三年（一八九〇）、東京四谷生まれ。陸軍士官学校卒業。軍職を辞して東京帝国大学文科に選科生として入学、渡仏して演劇を学ぶ。大正十三年、『古い玩具』『チロルの秋』などで一躍劇界の寵児に。以後、文学座などで新劇運動を牽引。昭和二十九年（一九五四）、逝去。『紙風船』『牛山ホテル』、小説に『落葉日記』『暖流』など。

高見順

秋子夫人と

高見順さんはよく最後の文士だったなんて言われますが、そういう人物評がどうして出てくるのかと思うんですが、やはり高見さんの風貌からくる面もあるんじゃないかと思いますね。たえず眉毛の間にしわを寄せて、顔色は青白く蒼白に近い。しかも着流しスタイルで、かんしゃく持ちで極度の神経質。おそろしいほど繊細な感性。でも、決してとっつきが悪いようなところはない方だったですね。ご一緒に楽しい旅行をしましたし、よく浅草の『如何なる星の下に』のお好み焼き屋「染太郎」に行ったり、あの辺で飲んだりして、わりに長いおつき合いでした。

僕には高見さんとのつき合いの方法がのみこめていたのかもわかりません。かんしゃくを出すタイミングが予測できたような気がするんです。前兆があるんです。

あの当時は白の恐怖の時代でした。白い壁とか、とにかく白いものがこわくてたまらないんです。一緒に福井へ行ったときも、宿で色紙を頼まれたんですが、なんと三十枚ぐらい主人が持ってきた。高見さんは硯を持ってきて自分で一生懸命すっていました。一枚、二枚はまあまあのご機嫌で書いていましたが、だんだん人相が変わってきたんです。眉毛の間がピリッピリッとしてきて、あっ、これは始まるなと思って、僕は机のそばにいましたが、パッと離れましたね。五枚目ぐらいになったとき、ブルブル手が震えだして、ついに一抱えもある色紙を両手にもって、いきなりバアッと部屋中にまいた。「バカものッ」って大声で怒鳴ったですね。

この写真（眉を寄せてタバコの灰を落としている）も、白の恐怖の時代なんですよ。どこで撮ったのか忘れましたが、僕は高見さんの神経質な気性が一番よく出ている写真じゃないかと思うんです。これこそ吉川英治さんの言い方じゃないけれど、人となりや心が写った写真ではないかと思って、僕の写真のなかでは太宰治の写真よりも、むしろ、この方が自分では好きな写真なんです。

いまだに「高見順を偲ぶ会」が鎌倉で年一回あったり、詩の方でも高見順賞っていうのがあるんですね。その会へ出て、むかし高見順さんを囲んだ連中や秋子夫人と一緒に飲みながら思い出話をするのがとても楽しみなんですが、なにしろ正面に、僕が撮ったこの神経質な高見さんの顔が飾ってあるものだから、思い出してなつかしいやら、はかないやらで……。

いちど高見さんの生まれ故郷の福井県三国町の高見順文学館のある付近まで行ったことがありました。そこには僕の高見さんを撮った写真が並んでいるから、ちょっと見て行きたいなと思ったんですが、見たら高見さんの思い出がどっと湧きあがってきて、それから後の福井の旅が高見さんから離れていかないような気がして、そのときの目的の仕事ができにくくなるんじゃないかと思いまして、わざと行かなかったんです。こんどカメラの仕事のないときに、ぜひ一度行って、高見さんと歩いたあとをたどってみたいような気がします。

すごくダンディーな人で、本当に風貌からして最後の文士といわれるにふさわしい方でした。

高見順（たかみ　じゅん）
明治四十年（一九〇七）、福井生まれ。本名、高間芳雄。父は永井荷風の叔父坂本釤《きん》之《の》助《すけ》であったが、一度もまみえることがなかった。東京帝国大学英文科卒業。『故旧忘れ得べき』で、第一回芥川賞候補となった。昭和四十年（一九六五）、逝去。『如何なる星の下に』『いやな感じ』『日本文学盛衰史』『高見順日記』、詩集『死の淵より』など。

吉川英治

一昨年（昭和五十九年）十月に、完成した東京・有楽町のマリオンで、『宮本武蔵』を中心にした「吉川英治を偲ぶ会」がありまして、僕は吉川先生の写真を展示しました。その写真があとで手元に帰ってきたので、青梅の吉川文学館にさしあげようと思って届けに行きました。

先生の昔の書斎のあとや住まいのあとが、いま文学館になっているわけですが、その庭にでっかい樹木が茂っているんです。僕は久々にその樹の下にたたずんで吉川先生をここで撮ったなあという思いがこみあげてきて、ひとしきり先生の思い出にひたりました。

僕はかなりあとで、この写真（樹木の間に立っている）を見るたびに、吉川先生の意にそわない写真を撮ったんじゃなかろうかと恥ずかしい思いをしたんです。

当時、僕は若かったし、この場所を設定してシャッターを切りながらも、なにか一乗寺の下がり松みたいな感じを求めて武蔵のイメージみたいなものがなんとなく頭の中にあったように思うんです。ある程度こじつけたような気持ちがしていました。

こじつけ写真っていうのが、吉川先生はたいへんきらいで、おそらく先生の気持ちにそわなかったにちがいないという思いがしています。

あるとき、別冊「週刊朝日」の企画で、「写真・新平家物語」というのを撮らしてもらったことがありました。石川県の安宅の関へ行ったら、むかし関所があったところは、今はもう浸食されて海岸線から百メートルぐらいも沖に沈んでいるんですね。海の方をじっと見ていたら、ちょうど砂利採りの人夫たちが馬車を連れてきていて、砂利を満載した重みで、轍が砂浜にめり込んで動かない。十人ぐらいの人夫が寄ってたかって押したり、馬の尻をムチでたたいたりして、必死になっている姿を見て、これだっと思って沈んでいる安宅の関の海に向かってシャッターを切りました。なんとなく義経と弁慶が逃げ歩いた安宅の関のイメージが僕の頭の中にあって、それにこじつけたわけです。先生はさぞいやだったろうなと今は思いますね。

あとで撮った写真をもって扇谷正造さんと一緒に熱海のお宅に伺うと、先生は馬車の写真には「ふーん」と言われたきりで、僕がなんとなく記録として撮った松林の中の「安宅の関跡」と書いた石碑の写真を見ながら、こう言われました。

「読者はこの写真を見て、安宅の関はこんなところにあったのかと、それぞれが想像してイメージをつくりあげるでしょう。だからこの石碑は重要なんです。安宅の関の松籟の音が聞こえてくるような写真を撮ってもらいたかった」

編集長が「なにしろ車を待たせて次から次へ撮り歩いたものですから」とかなんとか言ったら、「何を言うんですか、君は」と声をあらげて、「天下の大朝日なんだ。一日や二日、車を待たしたぐらい何ということもないでしょう。自分の気が向くままに、林君、そういう写真を満足できるまで撮ってくれたまえ」。

僕は本当に頭が下がりましたね。それ以来、写真というものは、やはり心を写さなきゃいけないんだと、しみじみ思うようになりました。表向きのこじつけ写真はだめなんだということで、いまだに教訓になっています。

軽井沢の別荘へ伺って、庭の芝生に寝ころがって、お子さんとじゃれ合っておられる光景を撮ったこともありますが、天下の吉川先生もこれほど子煩悩なのかと驚きました。吉川文学は骨肉の愛情といったものがバックボーンになっていると聞いてはいましたが。

撮影のあとで、お酒をごちそうになり、先生はかなり酔っ払っておられました。僕は先生の前だから緊張して、そう酔えない。

「この間の安宅の関のお話は大変こたえました。先生、いったいい写真というのは、どういう写真がいいと思われますか」と訊いたら、こう言われました。

「僕は写真ってのは素人だからよくわからないけれども、ただきれいなだけの写真、見ていて何の感想も浮かばないような写真っていうのは、ちっとも魅力を感じないね。やっぱり一枚の写真を見ているうちに、いい写真なら原稿用紙何枚でも書けるようなイメージがわいてくるものでね。枚数がたくさん書けるほど内容があっていい写真だと思う」

心に深く残っている言葉です。

地方へ行った折など、よく色紙を頼まれますが、僕は吉川先生が書いておられた文句を書くんです。先生はよく「衆人皆師」と書かれた。僕はそれをもじって、「写友皆師」とか「写人皆師」とか書く。「一以貫之」とか「初心生涯」などと書くときもありますが、みんな先生の言葉を拝借したものです。

写真の心を教えてくれたのは吉川先生だったと、今にして思います。

吉川英治（よしかわ　えいじ）
明治二十五年（一八九二）、神奈川生まれ。本名英次《ひでつぐ》。太田尋常高等小学校中退。さまざまな職業を転々とし、大正十一年、東京毎夕新聞社に入社。関東大震災を機に作家生活に入り、『鳴門秘帖』で一躍脚光をあびる。昭和三十五年、文化勲章。昭和三十七年（一九六二）、逝去。『宮本武蔵』『三国志』『新書太閤記』『新・平家物語』など。

山岡荘八

山岡荘八（やまおか　そうはち）
明治四十年（一九〇七）、新潟魚沼生まれ。本名、藤野庄蔵。高等小学校中退。逓信官吏養成所に学ぶ。印刷製本業をはじめたが、不景気で倒産。長谷川伸に師事し、『約束』（昭和十三）が「サンデー毎日」大衆文芸賞に入選したのをきっかけに文筆業に入った。昭和五十三年（一九七八）、逝去。『海底戦記』『徳川家康』など。

山岡荘八さんというと、すぐに『徳川家康』を思い出すほど、あの大作が代表作になっていますが、徳川家康という武将は、庶民からいえば、やはり立志伝中の人物ですね。山岡さんが、出世していく徳川家康をテーマにして書いたということは、自分も新潟の農家の生まれで、小学校しか出ていなくて、独学で役人の資格をとったり、編集の仕事をやってみたり、さまざまな苦労を重ねて最後に作家として大成した、そうしたみずからの生き方が家康というテーマにぴったり合っていたのではないかと思います。だからこそ、『徳川家康』という本は、経営者の間でも非常にうけた。大会社を運営する経営哲学のコツみたいなものがしぜんに伝わってくるんですね。

でも、きさくな人ではあったらしいけれど、わりあい人づき合いはよくなかったのではないかと思いますね。

鼻の下にちょっぴりヒゲをたくわえておられたが、あるとき、文春祭りに出たとき、得意のヒゲがないので、どうされたのかと思ったら、ばんそうこうでとめて、メーキャップをしたそうで、よほどヒゲには愛着があったらしいんですね。

お宅も庄屋の家をほうふつとさせるような感じで、移築したものかどうか知りませんが、非常にこったつくりでした。さすがに一大ベストセラー作家の邸宅だなあ、こういう家にも住めるんだなあと、うらやましく思った日々がありました。

海音寺潮五郎

海音寺潮五郎（かいおんじ　ちょうごろう）
明治三十四年（一九〇一）、鹿児島生まれ。本名、末富東作。國學院大学国漢科卒業。教員生活のかたわら創作し、『うたかた草紙』（昭和四）が「サンデー毎日」大衆文芸賞に入選。昭和十一年、『天正女合戦』『武道伝来記』で第三回直木賞受賞。昭和四十八年、文化功労者。昭和五十二年（一九七七）、逝去。『平将門』『天と地と』『西郷隆盛』など。

海音寺さんは鹿児島出身ですが、あの風貌に接すると、一目でこの人は九州だとわかるぐらい、代表的な九州人でしたね。

非常に男らしい堂々とした顔で、薩摩隼人的なところがありました。城下町に生まれ育って、子供のころから武士ふうな雰囲気のなかで成長したような方ですね。

小説の方でも、ずいぶん貧乏時代があったらしいけれど、歴史物や時代物の懸賞小説を書いて、それが当選して、だんだん世の中に出てきて直木賞をとったというふうで、折目正しい努力の人で、みずから道を切り拓いてきた独特の雰囲気というものが、おのずから作風にも影響しているところがあったように思います。

この石積みの塀の写真は、那須の別荘で撮ったものですが、これもいかにも海音寺さん好みで、塀らしい塀ではなくて、那須の川原から運んできた丸い石を積み重ねて、それで庭を区切って塀にしていました。僕がその塀の上にあがると、ズルズルと崩れるんですよ。別荘の内部も、山小屋ふうの暖炉のようなのがあって、ちょっと変わった別荘生活を楽しんでおられたように思いました。

内田百閒

内田百閒さんといえば、皮肉屋で通っていましたから、こわくて、先生と親しい編集者と一緒に恐る恐る訪問しましたが、やっぱり噂にたがわず、まず玄関口で、どきりとしました。面会謝絶ふうの札がかかっていて、その文句がふるっていました。もう記憶がさだかでないんですが、たしか、

「世の中に人の来るこそうれしけれ　とはいふもののお前ではなし」というのでしたか。

これは相当なものだと覚悟して、ふるえながら部屋へ入ったんですが、お会いした感じは、田舎のおじさんとちっとも変わらないような気楽さで、鳥と遊んでいるところを撮らしていただいたんです。

お金がなかったわけでもないと思うのですが、僕が伺う前は、二畳の部屋だけの物置き小屋みたいなところに住んでおられたそうです。そのなかに物が置いてあって、そのスキ間で夫人と生活されていたらしいんですが、僕が伺ったときは、二部屋ぐらいありました。戦後二、三年も経っているのに、戦時中の灯火管制のままで、電球にはカバーをかぶせてありまして、小鳥をいっぱい飼っていました。

とにかく、すごい人でしたね。人をくっていること、大変なものでした。いつかご一緒に夜汽車に乗り込んだことがありましたが、東京駅を汽車が出た瞬間、食堂車へ飛び込ん

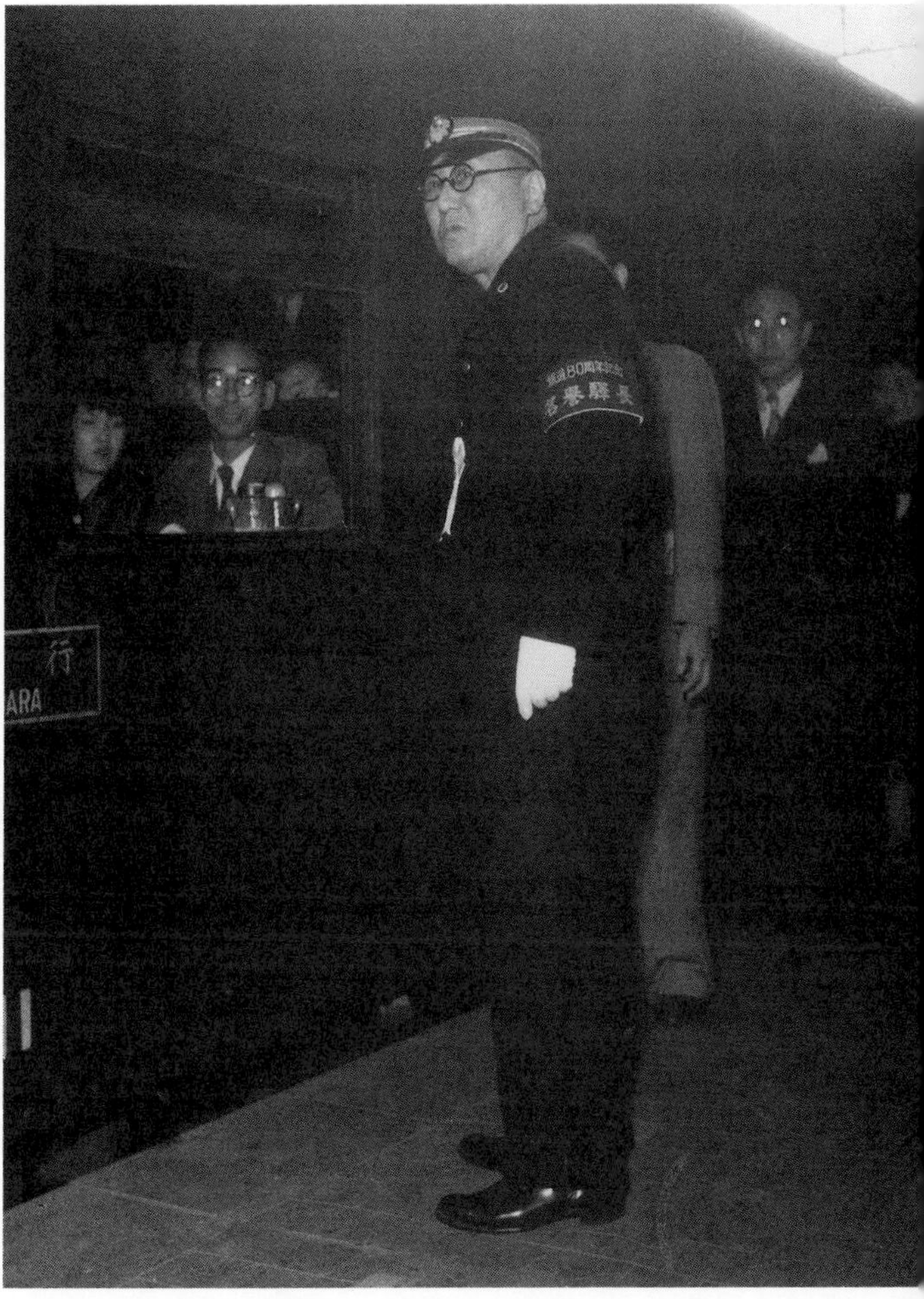
行
ARA

福

は

で、一番端の方にドンとかまえるんです。特急「あさかぜ」ですから、お客さんが予約で次から次に時間で来るんですが、先生はいっさい動かないんです。食堂車が看板になっても、まだ動こうとしないんです。チビリチビリ飲んでいる。さすがに食堂車のボーイたちもあきれかえった顔をしている。最初の一、二度は、「先生、お客様と交代していただけませんか」って言っても、「あ、わかってるよ」なんて言って、馬耳東風だから、どうしようもない。まったく図々しいというのか、人をくっているというのか、自分の意思はなにが何でも通す人というのか、とにかく面白い人でした。

東京駅のステーションホテルでよく撮りましたが、東京駅の一日駅長を撮ったときは本当にうれしそうでした。

駅長の帽子をかぶり、白い手袋をして、ステッキを持つと、実になんともよく似合うんですね。で、とにかく駅長さんですから、ホームで出ていく汽車を見送ったり、機関士に訓辞をたれたりして、うれしそうでしたね。

「アサヒカメラ」で「百閒先生」というのを撮ったときでしたか、「先生、どうぞ、そこにお座りください」と頼んで、ソファに座ってもらったら、その場に座ったきりで、顔をちょっと右へ向けたり左へ向けたりするだけで、ポーズも何もしない。ただ座ったきりだから、こちらも座ったきりの姿を撮るしかなくて往生しましたが、かえって、それも面白かったですね。

とにかく何でもかんでも、ホテルといえば、ステーションホテル。バーへ行くといえば、ステーションホテル。人に会うといえば、ステーションホテル。東京駅が好きな人でした。年に一、二回、百閒先生を囲む会がありました。その名前が、まだ死なないかって、いうわけで、「摩阿陀会《まあだかい》」っていうんですよ。百閒先生に心酔している連中が集まって、一杯飲んで、最後の打ちあげは先生の琴を聞くのがしきたりでした。いかにも百閒先生らしい面白い、人をくった会の名前でした。

内田百閒（うちだ　ひゃっけん）
明治二十二年（一八八九）、岡山生まれ。本名、栄造。東京帝国大学独文科卒業。明治四十二年、小編「老猫」を漱石に送って批評を乞い、門下生となる。陸軍士官学校教官などを歴任。『阿房《あほう》列車』など鉄道紀行でも知られる。昭和四十六年（一九七一）、逝去。『冥途』『旅順入城式』『百鬼園随筆』『実説艸《そう》平記《へいき》』『贋作吾輩は猫である』『ノラや』など。

久保田万太郎

いまだに小唄をやる人は誰でも「ひけは九ツ」という小唄をやりますね。吉原の大引けというのがあるでしょう。九ツになると、大門が閉まる。吉原では拍子木をたたいてくるけれど、拍子木までが嘘をつくという、そういう新しい小唄ですが、久保万さんも、そんな調子の唄をほかにつくっていまでもうたわれているんですから、やっぱり久保万さんと小唄っていうのは切っても切れないもので、江戸っ子中の江戸っ子だったんでしょうね。

戦後、毎年のように行われていた宝塚劇場の文春祭りでは、久保万さんとか川口松太郎さんが一番の立役者でした。とくに久保万さんの幡随院長兵衛なんていうのは、まさにぴったりのはまり役で、観客をうならせたものでした。大体、文士劇なんていうのは、下手で、トチッたりなんかするところで人気があるんですが、久保万さんや川口さんとなると、これは本職の味でね、うまさで酔わせた、人気のお二人でしたね。「お若えの、お待ちなせぇ」と白井権八とやるところなんか、本当にぴったりして貫禄十分でした。

その江戸っ子も、晩年は、鎌倉の由比ケ浜だったかに住まれて、何回か写真を撮りに伺いましたが、「散歩しようよ」って言って、よく海岸を歩かれました。すぐ「じゃ、一杯これからやろう」ということになるんですが、酒のサカナが独特でした。

自分で焼かれるんですが、長火鉢の上に餅網をおいて、それに油揚げを並べて焼くんです。そして、おろしと醬油でジュッといわせて、一杯飲むというのが一番のオハコ料理でした。鍋ものも豆腐の鍋などがお得意でしたが、すべて自分でやられて、人が箸を突っ込んだりすると、えらくご機嫌が悪いんです。自分で客にとってくれて、「ひとつ、やってごらんなさい。うまいでしょう」と言うのが、いつものことでした。
久保万さんのつくった小唄の好きな人は、久保万さんの字を染め抜いた小唄の文句ののれんなどを集めたりしていて、方々で見かけます。大きな体のくせに、字はまことにちっちゃくて、きれいな細い字を書いておられました。

久保田万太郎（くぼた　まんたろう）
明治二十二年（一八八九）、東京浅草生まれ。慶應義塾大学文科卒業。在学中、永井荷風の影響下で創作をはじめ、小宮豊隆に『朝顔』が認められてデビュー。岸田國士と文学座を創立し新劇界を牽引。傘雨の俳号で『春灯』を主宰。昭和三十二年、文化勲章。昭和三十八年（一九六三）、逝去。『末枯《うらがれ》』『花冷え』『市井人』『三の酉』『大寺学校』など。

山本周五郎

世の中に、写真はきらいだと言う人はたくさんいますが、実際に撮ってみれば、それほどのことはない人が多いものです。わりに写真を撮らしてもらえない作家は、井伏鱒二さんに、山本周五郎さん。昔の作家では、正宗白鳥さんと永井荷風さんです。それぞれ写真ぎらいで通っていますが、実際はそうでもないんです。正宗白鳥先生もわずか二コマしか撮ってないと思っていましたが、調べてみると、もっと撮っていました。

ひところ山本周五郎さんを撮るカメラマンは決まっていて、またいとこに当たる秋山青磁さんと、もう一人は杉山吉良さんだった。「山本周五郎」は、自分が勤めた東京・木挽町の質屋の主人の名前だったんですね。その同じ質屋に横浜から秋山青磁がころがり込んできて、二人は兄弟のように親しかったそうです。

僕は話には山本さんのことを聞いていました。世にもすごい人で、家をふらっと出ると、半年ぐらい帰ってこないとか、新丸子あたりの花柳界に居続けして、そこで原稿を書いて、どこへ行ったかわからないような、すさまじい暮らしをしているとか、そういう噂を聞いていました。

ある日、「週刊朝日」編集部から『青べか物語』を別冊で写真にしたいという話が舞い込みました。山本さんを連れていって、舞台になった浦安で撮りたいという。むずかしい人と聞いていたから、不安でしたが、願ってもない仕事だから、それは珍しい面白い写真が撮れるでしょう、ひとつがんばってやりましょうと即答して、その日が来るのを待っていたら、撮影の前日の夕方、文藝春秋のクラブのバーから「山本だがね」と電話がかかってきたんです。「山本、えっ」きょとんとしていたら、「周五郎だよ」って言われて、「もう撮影にきたんだよ」。

「先生、あしたじゃないですか」って言ったら、「いや、もうきょうから来たんだよ。今から出てきなさい。文春クラブにおるから早くおいでなさい。飲みながら打ち合わせしようよ」。

文春クラブへかけつけ、山本さんにはじめてお会いして飲みはじめると、だんだん人がまわりにふえてきて相当できあがってきた。「これからいいとこへ案内する」と山本さんが腰をあげて葭町へ行ったんですよ。明治座そばの待合でした。芸者が入れかわり立ちかわりきて、もうドンチャン騒ぎになっちゃいました。夜八時ごろになっていたかと思いますが、「おーい、誰か文春に電話しろ」と山本さんの声。電話に出てきた文春の重役に『オール讀物』に頼まれている原稿、俺書くから前払いを頼むよ。急いで持ってきてくれ」。文春の方では、「もう八時ですから会計の方で金庫をしめちゃったんですよ」とでも言ったのでしょう。山本さんの言い方がふるっていましたね。

「君ね、金庫でもドアでも何でも、閉めたものはかならず開くものですよ」

お金をかき集めて届けてきたのが、たしか田川博一さんだったと思いますが、そのままつかまって、とうとう朝まで飲みに飲んで、芸者もお座敷の着物を着たまま、みんなで大広間にざこ寝なんですよ。山本さんは出版社などに絶対にごちそうにならない主義なんだそうで、あの夜も大変な払いだったと思います。すごい人でした。

翌日は朝日の社旗を立てて浦安へ行きましたが、ひどい二日酔いでした。吉野屋という舟宿の主人が『青べか物語』に出てくる長さんですが、長さん自身は周五郎さんのことはあまり覚えがない。むかし、山本さんは近所の二階にいたんですね。吉野屋のことは小説では「千本」という名前で舞台になってますが、その撮影のとき、僕がカメラを向けると、山本さんはなるべく僕から離れようとする。アップを撮らせたくないらしいので、「先生、えらく後ろへいきますね」って言ったら、「林君、第一、この俺の顔だろう。君も知ってるだろうけど、俺の原稿ってな、すげえきれえだろう」って、いばるんですよ。「俺の文章きれいだから、若い女の子のファンがすごく多いんだよ。俺の顔がクローズアップで、作者の顔はこういう顔だっていったら、イメージが壊れるだろう。だから俺は顔をアップで撮られるのはきらいなんだよ」

川ぞいの堤防に立った先生、手を前に組んでましたが、何が入っているのかなと思ったら、なかにはポケットウイスキーがありました。それをチョッとやりながらポーズをつくるのですが、とにかく世話がずいぶんやけて手間がかかった思い出の写真です。それ以来、会うことはなかったんですが、いまでも心に残る作家の一人です。当時の僕は、先生のことを照れくさがりやで、わがままな人と思っていましたが、今の僕より若かったんですね。

同じような年齢になって振り返ってみると、あの枯れたような感じの山本さんの風貌には独特のものがあって心ひかれるものがあります。

いま、吉野屋の入り口の待合室には、僕が大きく引き伸ばして届けた山本さんと長さんの写真がかかっていて、長さんは大金持ちです。舟は二十隻ぐらいあって、何十台も入る駐車場をもち、「『青べか物語』の千本・舟宿吉野屋」という、でかい看板を出して、〝青べか〟でものすごくかせいでいます。

当時の浦安は、今とまったく違っていて、葦が生え茂って水郷みたいなところでしたが、その場所にディズニーランドができ、マンションやアパートが林立しているのをみると、まったく不思議な気持ちがしますね。

僕は釣りが好きで、年中、長さんと一緒に遊んでいますが、これも周五郎さんと行って以来の、本当に長いつき合いになりました。

山本周五郎（やまもと　しゅうごろう）
明治三十六年（一九〇三）、山梨生まれ。本名、清水三十六《さとむ》。横浜市立尋常西前小学校卒業。正則英語学校などに通いながら遠縁の山本周五郎質店に勤務、のちこれを筆名にした。昭和十八年、『日本婦道記』で第十七回直木賞に選ばれたが、読者の好評以外に賞は不要と辞退。昭和四十二年（一九六七）、逝去。『樅《もみ》ノ木は残った』『青べか物語』など。

あとがき

私が写真家であることに、ひそかに誇りと自信を抱いたのは、写真以外のどのような手段でも表現できない写真固有の世界に目ざめたときでした。

私はいまからひと昔も前の十五年前に『日本の作家』というタイトルで、敗戦直後から撮りつづけてきた百九人の現役作家の写真集を上梓し、それが日本の経営者、画家、家元とつづく百人シリーズのきっかけになったのでしたが、かなり経ってから『日本の作家』を見直したとき、実に意外な発見があったのです。その当時、私よりはるかに年上だった作家が、いまの自分よりずっと若い顔をしていきいきして「やあ、林君」と語りかけてくるような気配を感じて、あっと驚きました。当然といえば、それまでですが、しかし、これほど不思議なことが写真以外にあろうはずがありません。私は自分の仕事として写真にたずさわっていることに誇りと自信をもてるようになりました。写真というものは大切なものだとしみじみ痛感できたのでした。

『日本の作家』の序文は大佛次郎先生にいただきましたが、大佛先生もこう書いておられます。

「……もはやあの世に赴いた作家たちもいくたりかいる。みんな林君の力でまだ生きているのである。なつかしくも不気味なように思う。私より年長だった人もいる。それが若い顔をしている。いつの間にか私の方が長く生き、年も上になっているのであった。その他の人々のもただの肖像写真ではなく、生命感にあふれ、いきいきとして迫ってくる」

あの頃は、私はまだ若くて、大佛先生の言葉もよくわかっていなかったようですが、実は全く同じことに感動していたのでした。

歳月はさらに流れて、いまは亡き作家は、「いくたり」どころではありません。昨年、久しぶりにとり出してひろげてみたら、百九人のうち六十数人の作家がすでに亡くなっていて愕然としました。撮影当時の印象をつづって「在りし日の作家たち」と題して写真展を催しましたら、ちょっとした評判になりました。この際、もっとくわしく当時の感動を再現させてみようと心に決めかけていた矢先に朝日新聞社から声をかけていただき、ふたたび陽の目を見ることになったのでした。

忘れ去られていた物故作家が映像を通じてふたたび読者の脳裏に入り込んでくるというのは、まことに写真家冥利につきる気がします。

写真というものが、うまい下手の問題ではなく、そのいちばんの強みはあくまでも記録性にあるということが、これほどよくわかる例もありません。

それにつけても、いまだに残念でたまらない一つの失敗を告白しておきます。逃した魚は大きいという手痛い悔恨です。

あれはいつでしたか。当時、市川のお宅に永井荷風先生を訪ねました。人の気配がするのに返事がない。何回か声をかけるうちに、のっそりとご本人が出てきて、「どちらさんですか。いま、永井は留守です」。本人の口からいわれたのにはびっくり仰天して、あいさつのしようもありません。「では、いつか、また伺います」と名刺をおいて帰りかけると、声がかかりました。「ちょっと、おまちなさい。実はね、出版社がちょっと気にくわないのでね、勝手なことを言うようだが。あなたに撮ってもらうのが嫌ではない。浅草の小屋の楽屋にはいつも行ってますから、そこへ一人できて撮って下さい」

いつか行かなければと思いながら、その日ぐらしでチャンスをつくれないでいるうち、冬が訪れました。

ある夜、新橋で飲みあかして、ふらふらしながら始発電車に乗ろうと夜あけの駅前にくると、向こうからマントをはおって買物カゴをぶらさげて傘をさして下駄ばきハンチング姿という人がやってきました。どうやらマントの中には女をしのばせている気配で、あっ、荷風先生!!　と直感しました。ちょうどさびしくみぞれが降っていて、人っ子の影さえありません。絶好の情景です。ところが、何ということか、カメラがなかったのです。酔いもなにも醒めはてて、これが撮れれば今までの写真など問題にならないぐらいの大傑作になったのにと思うと、くやしさでいっぱいでした。

それ以来、心に銘するものがあり、どこへ行くにも、小さなバッグにカメラ一台だけはしのばせておく習慣がつきました。思えば、写真のこころを言わず語らずに荷風先生に教えてもらったのでした。

往時を思い、邂逅した作家を偲び、いま、私は茫然として、この時間の流れの中にたたずんでいます。写真とは本当に不思議なものです。

ふたたび作家の肖像を本にするに当たって料理していただいた朝日新聞社の岡井耀毅氏、そして、最初に私が撮影していた作家の写真に目をつけてテーマをひっかえとっかえして二十数年間もの長い間連載していただいた「小説新潮」編集部、とりわけ当時の編集長の佐藤俊夫氏、また私の旧著『小説のふるさと』などで作家とのつながりをつくっていただいた「婦人公論」編集部の方々に厚く御礼を申しあげたいと思います。いろいろ教えてもらった畏友、巌谷大四氏、朝日新聞出版局図書編集室の鷹田啓爾氏、木村良子さん、レイアウトの木幡朋介氏にもお世話になりました。ここに記して感謝いたします。

昭和六十一年一月

林　忠　彦

朝日文庫版あとがき

私が、まがりなりにも一応写真家として、これまでの長い年月を写真家一筋に送ってこれたのも、恐らく今後も一生写真家で押し通すことができそうなのも、また、「男を撮れば林忠彦」と言われる写真家になれたのも、終戦直後、織田作之助、太宰治、坂口安吾のアプレゲール作家と知り合い、写真に撮るチャンスを持ったのがきっかけで、その後、作家とのつき合いが、雑誌の口絵の上で三十年間も続いてきたわけで、そうした作家写真を撮り続けたおかげだと、今、改めて感謝している。

これらの作家の写真は、十五年前、百九人の作家写真集となって上梓され、これがきっかけになって、日本の経営者、画家、家元と続いて百人シリーズを出版することができた。『日本の作家』で大佛先生からいただいた序文の中に、「もはや、あの世に赴いた作家たちもいくたりかいる。みんな林君の力でまだ生きているのである。なつかしくも不気味なように思う。私より年長だった人もいる。それが若い顔をしている。いつの間にか私の方が長く生き、年も上になっているのであった」という言葉がある。

確かに、今になってみると、まずい写真、出したくない写真もあるが、僕はあえて誇りに思って出したいような気持ちになっている。それは、大佛先生の言葉どおり、写真の一番の強みはあくまでも記録性にあるということが近ごろ納得できたからである。

その当時撮った百人以上の作家のうち、今ネガを集めてみると、半数以上の人がもう亡くなってしまったが、その物故作家が、今、改めて若い、意気のいい、元気な顔を見せて語りかけてくれることに、写真の強さ、喜びを感じている次第である。

一昨年、『日本の作家』の中から、いかにも文士らしい文士をピックアップして『文士の時代』としてまとめ、朝日新聞社から上梓され、今回また、何人か加わって文庫本になって生き返ることになった。写真家冥利に尽きることであり、本当にありがたいと感謝の気持ちがいっぱいである。

この『日本の作家』を三度本にするに当たって、料理していただいた岡井耀毅氏、朝日新聞文庫編集部の柄沢英一郎氏、石関柾美氏、また、作家の写真をとっかえひっかえ連載させていただいた「小説新潮」の編集部、特に当時の編集長佐藤俊夫氏、「小説のふるさと」などで仕事をさせていただいた「婦人公論」の編集部、中央公論社社長の嶋中鵬二氏、編集の方々に心からお礼を申し上げたい。

昭和六十三年四月

林　忠彦

父・林忠彦との思い出

林　義勝

父・林忠彦が亡くなり二十一年が経ったが、父の代表作ともいえる太宰治、坂口安吾、織田作之助など文士シリーズの写真使用依頼は、今も絶えることはない。昭和二十一年（一九四六）に銀座のバー・ルパンで、林忠彦により撮影された太宰治の肖像写真は、太宰治の生誕百年の年には、出版社はじめマスコミ関連会社より使用願いが殺到した。この写真が撮影されてから六十余年が経つが、この写真は、見る人の心に作家像を鮮烈に蘇らせる、その力に、改めて感嘆させられる。父は、「写真は記録性が大切だよ」と言いながら、独自の感性で、時世の動きを的確に捉え続けた。父亡き後すぐ、父の郷里である、徳山市（現・周南市）の美術博物館に林忠彦記念室が創設されることになった。そこに収蔵するための全シリーズのオリジナルネガからのニュープリント制作とネガの保存、整理作業には、六年もの歳月を要した。父の残した膨大なネガを見る度に、林忠彦の歩いた道のりの長さを感じる。写真にかける情熱、その作品量などからみても、父には、やはり写真家が天職だったのだと思う。

林忠彦は、大正七年（一九一八）山口県徳山市で、創業百十五年を迎える営業写真館の三代目を継ぐべき長男として生を享けた。しかし、父は、跡を継がずに上京し、報道写真の世界へと足を踏み入れた。そして、戦中戦後の混乱期を懸命に生きる人々の世相や、文士シリーズ、文化人の肖像、日本や外国の風土、人物、文化などを、ジャーナリスティックな切り口と、洞察力で捉えた多くの作品を発表し、生涯現役写真家として生きた。元気な頃の父は、「股旅の忠さん」と呼ばれるほど、一年の三分の一は国内外へ出かけ、撮影のみならず、講演、審査、写真愛好家の育成など写真に関する仕事を精力的にこなしていた。昭和六十年（一九八五）、その父が肝臓癌を患い、脳出血にも見舞われ、医者からは余命一カ月と言われたにもかかわらず、自ら余命は五年と決め、右半身麻痺となりながらも、辛い治療にも耐え、最後の仕事となることを覚悟して、「東海道」の撮影に臨んだ。それは、残りの命と競争しながらの片道切符の旅であった。当時、私は、自分のライフワークである「龍」の写真展（北京の中国歴史革命博物館）の開催に向けて追い込みの時期を迎えていた。しかし、考え悩んだ末に、父の助手として、「東海道」の撮影の旅に同行することを決めた。父とともに、最後の撮影旅行となる「東海道」を、共に旅できたことは、私にとって生涯忘れることのない貴重な体験となった。それは、写真家としての父の奥深さを知ることとともなった。

『人間ドキュメント「主役脇役」、東海道カメラマン二人旅』（ＮＨＫテレビ　昭和六十三年

（一九八八）一月十九日放送）で、東海道の撮影に挑んでいる二人の姿をドキュメントするということで、箱根を撮影しているあたりからテレビの取材スタッフたちも加わる撮影の旅であった。浜名湖から、主要な宿を巡りながらの名古屋までの三泊四日の撮影を終えた後、一旦、東京にもどり、父の体調を見計らい、日を改めて、銀座のバー・ルパンでインタビューを収録することとなった。

ルパンは、父には馴染みの店だが、私にとっては、ある種、神聖な場所という思いがあり、親子揃ってルパンに行ったのは、後にも先にも、この一回だけであった。煌《きら》びやかな銀座のみゆき通りから、一本路地を入ると、昭和初期と変わらぬ光景が残っている。古いビルの壁には、シルクハットを被ったニヒルな表情のアルセーヌ・ルパンの看板。バー・ルパンは、昭和三年（一九二八）に開店、かつては「文壇バー」として、多くの文豪が集まり、父が太宰治の肖像写真を撮影した場所である。古い防空壕の入り口を思わせる鉄の扉を開けると、L字に曲がった地下への急な階段になっている。かつて、父が、自分の仕事の連絡場所にしていた頃は、数え切れないほど軽やかに昇り降りした階段も、右半身不随の不自由な足で降りなくてはならない歯がゆさ。階段を降り切ると、渋い色合いのヤチダモ製の重厚なカウンターが、店の奥までまっすぐに伸びているのが目に入る。往時と変わらぬ店内を父は、ほの暗い足元を確認しながら進み、カウンターの中央で足を止め、ゆっくりとスツールに腰をゆだねた。懐かしそうな様子で、左右を見回した後、「こんな状態になっても、飲みに来ているみたいだ」と冗談をいうと、一瞬にして、撮影現場に張りつめた空気が和んだ。

　終戦当時の林忠彦は、その時代の流れを肌で感じながら、いきいきと撮影の仕事をしていたにちがいない。酒豪だった父は、この当時、一日の時間を三等分にし、「八時間働き、八時間飲み、八時間寝る」と豪語し、実践した。このことが、後々、体をこわす要因になった。しかし、太宰治、坂口安吾、織田作之助に代表される、文士や文化人との出会いは、この酒席での交流から生まれたもので、命を削りながら、代表作となる作品を生み出していったのである。

　織田作之助は、バー・ルパンで出会い、父が文士を撮影するようになったきっかけとなった作家である。当時、バー・ルパンに来はじめていた織田作之助が、やたらに咳こむので、気になって見ると、口を拭ったハンカチに血痰がついているように見えた。林忠彦は、織田作之助の病状を気遣いながらも、この先あまり長くないだろうと感じ、今、彼を撮影しておかなければという思いに駆られたという。その後、納得のいく写真が撮れるまで、織田作之助を、数回にわたり撮影している。どのカットも、織田作之助の体の一部のように、煙草が写っている。その中の一枚は、結核を患い、死期が近づいていることなど微塵も感じられない、爽快な笑顔を捉えた会心のショットであった。織田作之助を撮影している時に、奥に座っていた太宰治が、「織田作ばかり撮ってないで俺も撮れよ！」と、酔っ払いながら、わめいたという。織田作之助ばかり撮影していることに太宰治が少しヤキモチを焼いたのではないかと推測されるが、そのことが、運命的とも言える太宰治の肖像写真を撮ることになったのだろう。父は、どんな状況にあっても、撮影ができるように、フィルムは使い切らずに何枚か残すことを心がけていた。照明用のマグネシウムも、一回分だけ残していた。その癖が、太宰治の写真を撮ることができた要因であった。一期一会の出会いと、一回きりのシャッターチャンスが、カウンターのスツールに足を組んで胡座する、あの太宰治を写した父の代表写真を生んだのである。太宰治、織田作之助を撮った写真が、名作といわれることは嬉しいものの、父には気がかりなことがあった。それは、自分がバーで撮影した、二人の作家の死と、田中英光の自殺。父は、それ以来、バーのカウンターで、作家の写真を撮影しないと決めていた。

インタビューのためのテレビカメラと、照明の準備が整った。父は、待機していた席からゆっくりと歩きながら、取材スタッフに「ここに太宰が座っていたんだよ」と説明し、そこに腰をかけた。私は、その左隣に座った。縁起をかついで、バーのカウンターでは作家を撮らないと決めていた父が、今度は、そのカウンターでカメラに収まるという現実。迫りくる、自らの死を覚悟していたのかもしれない。インタビューは、文士の撮影から東海道の撮影に至るまでの、写真への思いを親子で語るという内容。一時間のインタビューが、あっという間に終わりに近づいた頃、父から「今やっている仕事を大切にして、長く続けることが大事だよ」と、言われたことが今も忘れられない。それは、父が息子に託した、写真家としてのメッセージだったのだと思っている。父の写真家としての強い信念と、揺るぎない生き方に、改めて尊敬の念が増した瞬間であった。そして、『東海道』の写真集を完成させ、自ら宣言した余命五年を風のように生き抜いたのである。

父亡き後、ふと、私が子供の頃のことを思い出した。昭和二十年代後半、私が三歳の頃、仕事に出かける父を行かせまいと、足にまとわりつき、「おじちゃん、また遊びにおいでね」といったエピソードがある。売れっ子写真家の父は撮影旅行が多く、家で顔を合わせることが少なかったため、私は父を父として認識していなかったようである。薄い茶色のトレンチコートを着て、ボルサリーノ帽を被った父の大きな後ろ姿は、子ども心にも格好良く見えた。その鮮明な記憶とともに、そのときの父の匂いも朧げながら覚えている。それは、子どもの世界では、嗅ぐことのできない大人の世界の匂い。後にそれが、煙草の香りだということがわかったが、それは戦後の濃密な時代を懸命に生きた男が放つ、フェロモンと混じった紫煙の香りだったと思っている。

昭和二十一年（一九四六）、織田作之助を撮影したのを機に、文士の写真は、翌年、「小説新潮」の巻頭口絵で、「文士シリーズ」が始まり、後に二十数年間にわたる長期の連載となった。その集大成は、昭和四十六年（一九七一）『日本の作家一〇九人』（主婦と生活社）が出版され、後に、再編集された『文士の時代』（朝日新聞社）が上梓された。

この度、文庫本として上梓されるにあたり林忠彦が撮影した文士とも縁りのある中央公論新社から再編集されたかたちで出版に至ったことを嬉しく思っている。復刻に尽力していただいた文芸局の山本啓子氏はじめ、編集にたずさわった皆様に心より感謝と御礼を申し上げる次第である。

林忠彦の撮影した写真が、人の心に留まり、往時の文士を偲び、過ぎ去りし過去から未来へ受け継がれていくことを願っている。

（はやし　よしかつ・写真家）

構成
岡井耀毅
編集協力
林忠彦作品研究室代表　林義勝
西野厚志
レイアウト
平面惑星

本書は『文士の時代』（朝日新聞社、一九八六年四月刊）を底本にし、『文士の時代』（朝日文庫、一九八八年七月刊）と『紫煙と文士たち　林忠彦写真展』ブックレット（たばこと塩の博物館、二〇一二年一月刊）から増補し、レイアウトに変更を加えた新編集版である。

巻末の「父・林忠彦との思い出」は、前掲『紫煙と文士たち』からの再収載に一部手を加えたものである。

林忠彦のオリジナルプリントは、現在、周南市美術博物館の林忠彦記念室で見ることができる。

中公文庫

文士《ぶんし》の時代《じだい》

2014年9月25日　初版発行

著　者　林《はやし》　忠《ただ》　彦《ひこ》

発行者　大橋 善光

発行所　中央公論新社

〒104-8320　東京都中央区京橋2-8-7

電話　販売 03-3563-1431　編集 03-3563-2039

URL http://www.chuko.co.jp/

DTP　平面惑星

印　刷　三晃印刷

製　本　小泉製本

Published by CHUOKORON-SHINSHA, INC.
Printed in Japan　ISBN978-4-12-206017-3 C1195

定価はカバーに表示してあります。落丁本・乱丁本はお手数ですが小社販売部宛お送り下さい。送料小社負担にてお取り替えいたします。

各書目の下段の数字はISBNコードです。978－4－12が省略してあります。

中公文庫既刊より

い-4-3
文壇よもやま話（上）
池島信平
嶋中鵬二 聞き手
NHKラジオで昭和三十四年から二年間放送された人気番組の活字化。上巻には正宗白鳥、江戸川乱歩、石川淳、小林秀雄ら十二人を収める。〈解説〉村松友視
205384-7

い-4-4
文壇よもやま話（下）
池島信平
嶋中鵬二 聞き手
終始寛いだ雰囲気のなか、文壇今昔談や創作裏話が惜しみなく語られる。下巻には佐藤春夫、野上彌生子、谷崎潤一郎、川端康成、大佛次郎ら十二人を収める。〈解説〉岡崎満義
205402-8

あ-32-10
ふるあめりかに袖はぬらさじ
有吉佐和子
世は文久から慶応。場所は横浜の遊里岩亀楼。尊皇攘夷の風が吹きあれた幕末にあって、女性たちはどう生き抜いたか。ドラマの面白さを満喫させる傑作。
205692-3

あ-32-11
出雲の阿国《おくに》（上）
有吉佐和子
歌舞伎の創始者として不滅の名を謳われる出雲の阿国《おくに》だが、その一生は謎に包まれている。日本芸能史の一頁を活写し、阿国に躍動する生命を与えた渾身の大河巨篇。
205966-5

あ-32-12
出雲の阿国（下）
有吉佐和子
数奇な運命の綾に身もだえながらも、阿国は踊り続ける。歓喜も悲哀も慟哭もすべてをこめて。桃山の大輪の華を描き、息もつかせぬ感動のうちに完結する長篇ロマン。
205967-2

い-13-5
生きている兵隊（伏字復元版）
石川達三
戦時の兵士のすがたと心理を生々しく描き、そのリアリティ故に伏字とされ発表された、戦争文学の傑作。伏字部分に傍線をつけた、完全復刻版。
203457-0

ふ-18-5
流れる星は生きている
藤原てい
昭和二十年八月、ソ連参戦の夜、夫と引き裂かれた妻と愛児三人の壮絶なる脱出行が始まった。敗戦下の苦難に耐えて生き抜いた一人の女性の厳粛な記録。
204063-2

い-23-3
蓮如 ―われ深き淵より― 五木寛之
焦土と化した中世の大地に、慈悲と怒りを燃やし、人間の魂の復興をめざして彷徨う蓮如。その半生を躍動する人間群像と共に描く名著。〈解説〉瀬戸内寂聴
203108-1

う-3-7
生きて行く私 宇野千代
〝私は自分でも意識せずに、自分の生きたいと思うように生きて来た〟ひたむきに恋をし、ひたすらに前を見つめて歩んだ歳月を率直に綴った鮮烈な自伝。
201867-9

う-3-13
青山二郎の話 宇野千代
独自の審美眼と美意識で昭和文壇に影響を与えた青山二郎。半ば伝説的な生涯が丹念に辿られて、「じいちゃん」の魅力はここにたち現れる。〈解説〉安野モヨコ
204424-1

う-3-16
私の文学的回想記 宇野千代
波乱の人生を送った宇野千代。ときに穏やかな友情を結び、またあるときは激しい情念を燃やした文壇人との交流のあり方が生き生きと綴られた一冊。〈解説〉斎藤美奈子
205972-6

う-9-4
御馳走帖 内田百閒
朝はミルク、昼はもり蕎麦、夜は山海の珍味に舌鼓をうつ百閒先生の、窮乏時代から知友との会食まで食味の楽しみを綴った名随筆。〈解説〉平山三郎
202693-3

う-9-5
ノラや 内田百閒
ある日行方知れずになった野良猫の子ノラと居つきながらも病死したクルツ。二匹の愛猫にまつわる愛情と機知とに満ちた連作14篇。〈解説〉平山三郎
202784-8

う-9-6
一病息災 内田百閒
持病の発作に恐々としつつも医者の目を盗み麦酒をがぶがぶ……。ご存知百閒先生が、己の病、身体、健康について飄々と綴った随筆を集成したアンソロジー。
204220-9

う-9-7
東京焼盡《しょうじん》 内田百閒
空襲に明け暮れる太平洋戦争末期の日々を、文学の目と現実の目をないまぜつつ綴る日録。詩精神あふれる稀有の東京空襲体験記。
204340-4

各書目の下段の数字はISBNコードです。978－4－12が省略してあります。

お-2-2
レイテ戦記（上）
大岡昇平
太平洋戦争の天王山・レイテ島での死闘を再現し戦争と人間を鋭く追求した戦記文学の金字塔。本巻では「一第十六師団」から「十三　リモン峠」までを収録。
200132-9

お-2-3
レイテ戦記（中）
大岡昇平
レイテ島での日米両軍の死闘を、厖大な資料を駆使し精細に活写した戦記文学の金字塔。本巻では「十四　軍旗」より「二十五　第六十八旅団」までを収録。
200141-1

お-2-4
レイテ戦記（下）
大岡昇平
レイテ島での死闘を巨視的に活写し、戦争と人間の問題を鎮魂の祈りをこめて描いた戦記文学の金字塔。地名・人名・部隊名索引付。〈解説〉菅野昭正
200152-7

か-30-1
美しさと哀しみと
川端康成
京都を舞台に、日本画家上野音子、その若い弟子けい子、作家大木年雄の綾なす愛の色模様。哀しさの極みに開く官能美の長篇名作。〈解説〉山本健吉
200020-9

た-30-13
細雪（全）
谷崎潤一郎
大阪船場の旧家蒔岡家の美しい四姉妹を優雅な風俗・行事とともに描く。女性への永遠の願いを〝雪子〟に託す谷崎文学の代表作。〈解説〉田辺聖子
200991-2

た-30-28
文章読本
谷崎潤一郎
正しく文学作品を鑑賞し、美しい文章を書こうと願うすべての人の必読書。文章入門としてだけでなく文豪の豊かな経験談でもある。〈解説〉吉行淳之介
202535-6

み-9-2
作家論
三島由紀夫
森鷗外、谷崎潤一郎、川端康成を始め、敬愛する十五作家の精神と美意識を論じつつ文学の本質に迫る、著者の最後を飾った文学論。〈解説〉佐伯彰一
200108-4

み-9-6
太陽と鉄
三島由紀夫
三島ミスチシズムの精髄を明かす表題作。作家として自立するまでを語る「私の遍歴時代」。三島文学の本質を明かす自伝的作品二篇。〈解説〉佐伯彰一
201468-8

み-9-7
文章読本
三島由紀夫
あらゆる様式の文章・技巧の面白さ美しさを、該博な知識と豊富な実例と実作の経験から詳細に解明した万人必読の文章読本。〈解説〉野口武彦
202488-5

き-6-3
どくとるマンボウ航海記
北杜夫
たった六〇〇トンの調査船に乗りこんだ若き精神科医の珍無類の航海記。北杜夫の名を一躍高めたマンボウ・シリーズ第一作。〈解説〉なだいなだ
200056-8

き-6-16
どくとるマンボウ途中下車
北杜夫
旅好きというわけではないのに、旅好きとの誤解からマンボウ氏は旅立つ。そして旅先では必ず何かが起こるのだ。虚実ないまぜ、笑いうずまく快旅行記。
205628-2

き-6-17
どくとるマンボウ医局記
北杜夫
精神科医として勤める中で出逢った、奇妙きてれつな医師たち、奇行に悩みつつも憎めぬ心優しい患者たち。人間観察の目が光るエッセイ集。〈解説〉なだいなだ
205658-9

ま-3-3
文壇五十年
正宗白鳥
自然主義文学の泰斗が、明治・大正・昭和の文芸・演劇の変遷を回想。荷風、鷗外、花袋や日露戦争以後の文壇状況を冷徹な視点で描く文学的自叙伝。〈解説〉持田叙子
205746-3

た-34-5
檀流クッキング
檀一雄
この地上で、私は買い出しほど好きな仕事はない——という著者は、人も知る文壇随一の名コック。世界中の材料を豪快に生かした傑作92種を紹介する。
204094-6

た-34-4
漂蕩の自由
檀一雄
韓国から台湾へ。リスボンからパリへ。マラケシュで迷路をさまよい、ニューヨークの木賃宿で安酒を流し込む。「老ヒッピー」こと檀一雄による檀流放浪記。
204249-0

た-34-6
美味放浪記
檀一雄
著者は美味を求めて放浪し、その土地の人々の知恵と努力を食べる。私達の食生活がいかにひ弱でマンネリ化しているかを痛感せずにはおかぬ剛毅な書。
204356-5

各書目の下段の数字はISBNコードです。978－4－12が省略してあります。

い-38-1
珍品堂主人
井伏鱒二

風が吹かないのに風に吹かれているような後姿には珍品堂の思い屈した風情が漂う。善意と奸計とが織りなす人間模様を描く傑作。〈解説〉中村　明

200454-2

こ-54-1
いい音 いい音楽
五味康祐

癌に冒された最晩年の新聞連載コラム「一刀斎オーディオを語る」を軸に、クラシックとオーディオへの情熱が凝縮された究極の音楽エッセイ集。〈解説〉山本一力

205417-2

た-7-2
敗戦日記
高見　順

〝最後の文士〟として昭和という時代を見つめ続けた著者の戦時中の記録。日記文学の最高峰であり昭和史の一級資料。昭和二十年の元日から大晦日までを収録。

204560-6

た-13-1
富　士
武田泰淳

悠揚たる富士に見おろされた精神病院を題材に、人間の狂気と正常の謎にいどみ、深い人間哲学をくりひろげる武田文学の最高傑作。〈解説〉斎藤茂太

200021-6

た-13-5
十三妹《シイサンメイ》
武田泰淳

強くて美貌でしっかり者。女賊として名を轟かせた十三妹は、良家の奥方に落ち着いたはずだったが……中国古典に取材した痛快新聞小説。〈解説〉田中芳樹

204020-5

た-13-3
目まいのする散歩
武田泰淳

近隣への散歩、ソビエトへの散歩が、いつしか時空を超えて読む者の胸中深く入りこみ、生の本質と意味を明かす野間文芸賞受賞作。〈解説〉後藤明生

200534-1

と-28-1
夢声戦争日記 抄 敗戦の記
徳川夢声

活動写真弁士を皮切りに漫談家、俳優としてテレビ・ラジオで活躍したマルチ人間、徳川夢声が太平洋戦争中に綴った貴重な日録。〈解説〉水木しげる

203921-6

な-10-2
芭蕉庵桃青
中山義秀

俳聖芭蕉の芸術感に浸り、自らの境涯と共鳴して、その孤客の風骨を、死の床にありながら余すところなく描破した義秀文学畢生の力作。〈解説〉縄田一男

205581-0

な-10-3
咲《しょう》庵《あん》　中山義秀
咲庵とは、明智光秀の号である。光秀の視点からの信長像と、出自と本能寺の変後の死まで、その流転の生涯を綴る傑作戦国時代小説。〈解説〉縄田一男
205608-4

の-3-13
戦争童話集　野坂昭如
戦後を放浪しつづける著者が、戦争の悲惨な極限に生まれえた非現実の愛とその終わりを「八月十五日」に集約して描く、万人のための、鎮魂の童話集。
204165-3

の-3-14
妄想老人日記　野坂昭如
どこまでが本当で、どこからが偽りなのか……妄想の場合、虚実の別はない、みな事実なのだ。九八年から九九年の日記という形をとった、究極の「私小説」。
205298-7

は-54-3
戦線　林芙美子
内閣情報部ペン部隊の記者として従軍した林が最前線の日々を書き記す、『北岸部隊』に先駆けて発表されたルポ。「凍える大地」を併録。〈解説〉佐藤卓己
206001-2

ふ-2-4
言わなければよかったのに日記　深沢七郎
小説「楢山節考」でデビューした著者が、畏敬する作家正宗白鳥、武田泰淳などとの奇妙でおかしい交流を綴る、抱腹絶倒の日記他。〈解説〉尾辻克彦
201466-4

ふ-2-5
みちのくの人形たち　深沢七郎
お産が近づくと屏風を借りにくる村人たち、両腕のない仏さまと人形――奇習と宿業の中に生の暗闇を描いた表題作をはじめ七篇を収録。〈解説〉荒川洋治
205644-2

ふ-2-6
庶民烈伝　深沢七郎
周囲を気遣って本音は言わずにいる老婆(「おくま嘘歌」)、美しくも滑稽な四姉妹(「お燈明の姉妹」)ほか、烈しくも哀愁漂う庶民を描いた連作短篇集。〈解説〉蜂飼 耳
205745-6

ま-12-6
突風　松本清張
貞淑な人妻の胸を吹き抜けた突風。日常性の中にひそむ陥穽――。小説技巧と人間洞察の深さが生む著者の思い出深い初期短篇傑作集。〈解説〉三好行雄
200079-7

各書目の下段の数字はISBNコードです。978－4－12が省略してあります。

ま-12-25
黒い手帖
松本清張
戦後最大の大衆作家が、馴染み深い作品を例に取りながら「推理小説の発想」を語り、創作ノートを公開する。推理小説の舞台裏を明かす「推理随筆集」！〈解説〉権田萬治
204517-0

み-10-20
沢庵
水上勉
江戸初期臨済宗の傑僧、沢庵。『東海和尚紀年録』などの資料を克明にたどりつつ、権力と仏法のはざまで生きた七十三年を描く。〈解説〉祖田浩一
202793-0

み-10-21
一休
水上勉
権力に抗し、教団を捨て、地獄の地平で痛憤の詩をうたい、盲目の森女との愛に惑溺した伝説の人一休の生涯を追跡する。谷崎賞受賞。〈解説〉中野孝次
202853-1

み-10-22
良寛
水上勉
寺僧の堕落を痛罵し破庵に独り乞食の生涯を果てた大愚良寛。真の宗教家の実像をすさまじい気魄で描き尽くした、水上文学の真髄。〈解説〉篠田一士
202890-6

し-6-36
風塵抄《ふうじんしょう》
司馬遼太郎
一九八六年から九一年まで、身近な話題とともに土地問題、解体したソ連の問題等、激しく動く現代世界と人間を省察。世間ばなしの中に「恒心」を語る珠玉随想集。
202111-2

し-6-56
風塵抄（二）
司馬遼太郎
一九九一年から九六年二月十二日付まで、現代社会を鋭く省察。二一世紀への痛切な思いと人びとの在りようを訴える。「司馬さんの手紙」（福島靖夫）併載。
203570-6

よ-17-12
贋食物誌《にせしょくもつし》
吉行淳之介
たべものを話の枕にして、豊富な人生経験を自在に語る、洒脱なエッセイ集。本文と絶妙なコントラストを描く山藤章二のイラスト一〇一点を併録する。
205405-9

よ-17-14
吉行淳之介娼婦小説集成
吉行淳之介
赤線地帯の疲労が心と身体に降り積もり、街から抜け出せなくなる繊細な神経の女たち。「赤線の娼婦」を描いた全十篇に自作に関するエッセイを加えた決定版。
205969-6